リプレイ

高橋いさを

論創社

目次

リプレイ　1
MIST〜ミスト　135
あとがき　268
上演記録　272

装幀　栗原裕孝

リプレイ

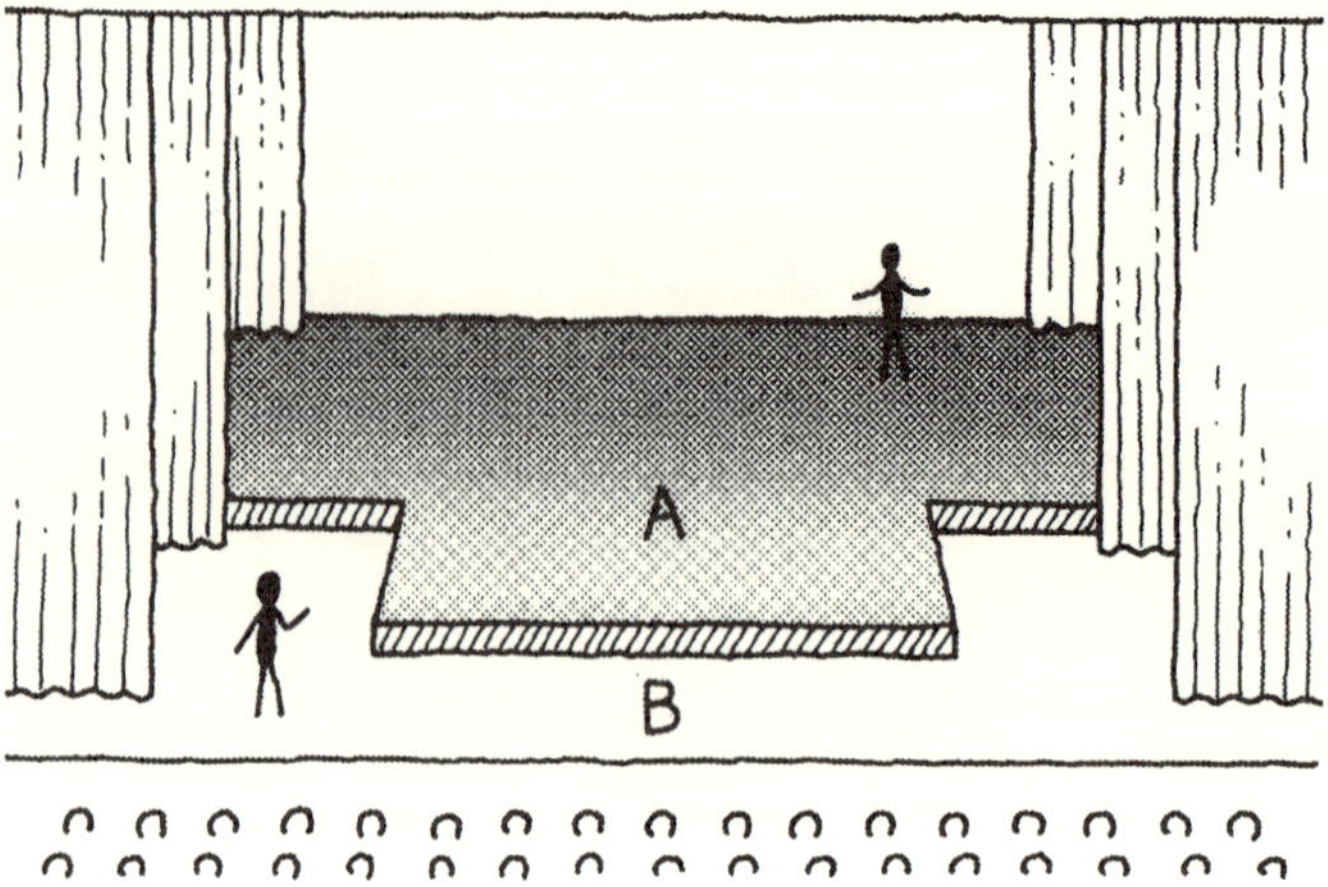

『リプレイ』『MIST～ミスト』ともに作者は舞台を上記のようなA・B二つのエリアに区分して劇を進行させている。
本文の劇中のト書きに示される「＊」は、基本的には場面転換を意味している。Aエリアから Bエリアへ、またはBエリアからAエリアへ、あるいは、A・B両エリアを同時に使っていることを示している。

リプレイ

［登場人物］

○加賀年彦（死刑囚）

○丸山　聖《さとし》（神父）

○辻本一平（もの真似芸人）

○甲斐（実行犯）

○吉本兄（その仲間）

○吉本弟（　〃　）

○青柳（会社重役）

○西寺（その部下）

○奈々子（その秘書）

○健治（ちんぴら）

○島岡（教師）

○みゆき（風俗嬢）

プロローグ

舞台の中央に浮かび上がる男。
男の幻想。

加賀の声　へへへへ。それをこっちに渡してもらおうか。
甲斐の声　何だと。
加賀の声　それをこっちに渡せって言ってんだッ。
吉本弟の声　ててめえッ。

と銃声。

吉本兄の声　ぐおッ。
加賀の声　動くな!
吉本弟の声　にいちゃん、にいちゃん!
加賀の声　悪いがこれは全部オレがいただくぜ。
甲斐の声　貴様ッ。
加賀の声　その起爆装置をよこせッ。
吉本弟の声　てめえ!

と銃声。

吉本弟の声　ぐおッ。
加賀の声　よこせ！
甲斐の声　くそーッ。

と銃声。

甲斐の声　うおッ。
加賀の声　ハハハハ。あばよ。間抜け野郎が。

と「ドーン」という爆発音。
救急車やパトカーの音に混じって人々の悲鳴など。
その喧騒が最高に高まる。
と大きな雷が轟く。

1

夢から覚める男。
ここは刑務所の独房である。

男――加賀年彦（65）は、死刑囚である。
西暦2030年4月1日。午前9時45分。
と、「どうもありがとう」という声がする。
ガチャと鉄の扉が開き、一人の男がやって来る。
禿げ頭のでっぷり太った男――丸山　聖はカトリックの神父である。
丸山は、濡れた頭を拭いたりしている。

丸山　いやあ、ひどい雨だなあ。
加賀　すいませんね、こんな雨ンなか。
丸山　ホントだよ。

加賀、準備運動。

丸山　ハリキってるな。
加賀　何たって一生に一度のことですから。ハハハハ。
丸山　ハハハハ。
加賀　いいんですか、こっちに来ちまって。
丸山　え？
加賀　今日でしたよね、合唱コンクールの全国大会があるって言ってたの。
丸山　歌うのはわたしじゃないから。
加賀　それもそうか。ハハハハ。

丸山　ハハハハ。
加賀　あ、そうそう。これを。長いこと借りっ放しで。

と聖書を持ってくる加賀。

丸山　やるよ。
加賀　いや、無駄にせずまた誰かに貸してやってください。
丸山　……。
加賀　今だから告白しますが、ちゃんと読みませんでしたッ。ハハハハ。
丸山　……。
加賀　やめてくださいよ、そういう顔すンの。別れもまた楽しですよ。
丸山　まあ。
加賀　前から言ってたでしょ、これは当然のことなんだって。
丸山　そうだよなあ。当然のことだよなあ。当然のことなんだから全然悲しいことじゃない。
加賀　そうそう。他人《ひと》の人生を奪ったものは、自らその命を神に捧げなきゃ。
丸山　捧げなきゃッ。
加賀　そうそう、その調子。
丸山　捧げてしまえッ。
加賀　捧げるぞーッ。
丸山　捧げてしまえーッ。ハハハハ。
加賀　……他人事だと思って、勝手なこと言って。おーッ。（と泣く）

丸山　……。
加賀　ハハハハ。嘘ですよ。怒りましたか。
丸山　いや。今日は、どんなにからかわれても。
加賀　……。
丸山　長い間、ご苦労様。

と頭を下げる丸山。

加賀　こちらこそ。こんな馬鹿野郎に長い間付き合ってくれて感謝してます。
丸山　……。
加賀　不思議なもんですよね。
丸山　うん？
加賀　ちょっと前にこの世とおさらばすると決まってからは——。
丸山　……。
加賀　何もかもが違って見える。
丸山　……。
加賀　未練があるって言いたいんじゃありません。ただ、生きてることのすばらしさはこういう風にならないとわからない。ホント、因果な生き物ですよね、人間っちゅうのは。ハハ。
丸山　……。

遠くで雷。

加賀　あの日も――。
丸山　うん？
加賀　30年も前に、あの事件を起こした日も――。
丸山　……。
加賀　こんな天気だったなあ。
丸山　……そうか。
加賀　……。
丸山　何かわたしにできることは。
加賀　そうですねえ。最期にもう一度、あの音痴な歌を聴かせてください。
丸山　……お望みとあらば。

咳払いして、聖歌を歌う丸山。
とても下手。

加賀　（すぐに止めて）ありがとう。とてもすばらしかったッ。いやあ、最高の冥途の土産だ。ハハハハ。
丸山　……。

と雷鳴。

加賀　こういうのは初めてじゃないって言ってましたよね。

丸山　うん？
加賀　わたしみたいな囚人を送り出すの。
丸山　ああ。
加賀　そいつは最期に何て。
丸山　はあ。
加賀　「死にたくねえよーッ。オレはホントはやってねえんだよーッ」って感じですか。
丸山　……もう一度生まれ変われるなら。
加賀　ああ。
丸山　今度は平凡な一生を送りたい、と。
加賀　……へえ。

と部屋がノックされる。

加賀　時間みたいですね。
丸山　……。
加賀　それじゃ。

と行こうとする加賀。

雷鳴。

加賀　もしも。

丸山　……。
加賀　もしも、もう一度生れ変われるなら。
丸山　……。
加賀　あんなことをした若い自分にもう一度会いたいですねえ。
丸山　……。
加賀　今のわたしなら。
丸山　……。
加賀　どんなことがあってもあんなことはさせないのに。
丸山　……。

加賀、手を差し出す。
丸山、その手をしっかりと握り締める。

加賀　さよなら、神父さん。

独房から出ていく加賀。
それを見送る丸山。
雨の降りが激しくなる。
丸山のイメージ。
絞首刑になる加賀の姿のシルエットが見える。
大きな雷鳴が轟く。

神に向かって祈る丸山。
暗転。

2

一人の男がみゆきを引っ張り出して来る。
男――辻本一平は売れないもの真似芸人である。
西暦2000年4月1日。午前9時50分。
みゆきのアパート。
一平は、みゆきを殴打する。

一平　この女《あま》、この女、この女!
みゆき　(それを見事にかわす)
一平　くそーッ。この女、この女、この女!
みゆき　(それを見事にかわす)
一平　この女、この女、この女!
みゆき　(それを見事にかわす)

一平、疲れて胡座《あぐら》をかいて座る。
子犬のように怯《おび》えて、一平を警戒しているみゆき。

一平　もういい。こっち来い。
みゆき　ヤだ。
一平　ハハハハ。「ヤだ」じゃねえんだよ。何もしねえからこっち来いってッ。
みゆき　（逃げる）そっち行ったら叩くでしょ。
一平　叩かねえよ。叩かねえからこっち来いって。
みゆき　ヤだ。
一平　ハハハハ。「ヤだ」ハハハハ。「ヤだ」ハハハハ。「ヤだ」ハハハハ。むかつくんだよッ、その挑戦的な目ン玉が、オレは！
みゆき　……。
一平　少し落ち着こう。な、落ち着いて、どういうことなのかを聞こうじゃねえか。

みゆき、一平とは距離を取って座る。

一平　どこに行ってんだ。怒らねえから言ってみろ。
みゆき　……。
一平　うん？
みゆき　教会。
一平　教会？
みゆき　（うなずく）
一平　ハハハハ。何だ、お前、いつからそんな信心深くなったんだよ。
みゆき　神父さんに誘われたの。

一平　神父に誘われた？
みゆき　（うなずく）
一平　近頃の神父は女に手ェ出すのか。
みゆき　じゃなくてコーラス隊。
一平　何だと。
みゆき　コーラス隊。合唱隊よ。
一平　歌、歌ってんのか。
みゆき　うん。
一平　ハハハハ。こりゃお笑いだぜ。ソープ嬢が教会で「ハレルヤ」か。
みゆき　……。
一平　いったいどういう風の吹き回しだよ。
みゆき　神父さんが是非ってしつこいから。
一平　とんでもねえ神父だな。今度、オレが行って一発殴っといてやる。
みゆき　やめてよ。悪い人じゃないんだから。
一平　お前、唆《そそのか》してそんな訳のわからねえトコに引き摺り込んだんだろう。悪い野郎に決まってんじゃねえか。
みゆき　……。
一平　いいか。そんなとこで呑気に歌なんか歌ってる暇があったら仕事に精を出せ、仕事に。いいな。
みゆき　……。
一平　何だ、その目は。また殴られたいのか。
みゆき　わかったわよッ。

一平　よしッ。

と雷鳴。

一平　ちくしょーッ。（競馬新聞を見て）この天気じゃ今日は中止かな。
みゆき　帰って来るの、今日。
一平　さあな。

と出ていく一平。
泣いて、反対側に去るみゆき。

＊

アパートの外。
傘を差した一平がフラフラと出て来る。
と猫がいたのか、それを招き寄せ、石をぶつける一平。

一平　へへッ。ざまあみやがれ！

と大きな雷鳴。

一平　何だ何だッ。近いぞ、近いぞ。

と雷鳴。

一平　貴金属は危ない。

とペンダントやら指輪やらを外す。
小さくなって落雷に備える一平。
何ごともない。

一平　（ホッとして）馬鹿野郎。脅かしやがって。ヘッ。

と天にツバする一平。
ツバが顔にかかる。

一平　あ、くそッ。天にツバしたら顔にかかった。ハハハハ。

と「ガガーン」と大きな落雷！
落雷は一平の傘を直撃する。

一平　おおーッ。

と痺《しび》れて転倒する一平。

感電してビリビリと震えている。
とそこへみゆきが飛び出してくる。

みゆき　嘘ッ。

と恐る恐る一平に近付くみゆき。

みゆき　一平ちゃん、一平ちゃん。

と声をかけるが反応しない一平。
近くに落ちていた傘を拾い、それで一平をつついてみる。
反応しない一平。

みゆき　（うれしくなって）ハハ、ハハハ、ハハハハ。

と笑い、一平を蹴るみゆき。

みゆき　この野郎、この野郎、この野郎ッ。ハハハハ。天罰よ、天罰が下ったのよ。ざまあみろ！
ハハハハ。

とむっくりと起き上がる一平。

みゆき　ひゃーッ！

と腰を抜かすみゆき。
一平は目をパチパチしている。

みゆき　ゴゴゴメンなさい！　動かないからてっきりアレしたと思ってッ。
一平　……。
みゆき　大丈夫？
一平　ここはどこだ。
みゆき　え？
一平　あんたは――。
みゆき　ハハハハ。ヤだ、もう。またあたしを担《かつ》ごうとしてんでしょ。もー一平ちゃんったら！（と叩く）
一平　（その手をむんずと掴む）
みゆき　ひゃーッ。ぶぶぶぶたないでッ。さっきしたことは謝るからッ。
一平　一平って誰だ。
みゆき　あんたが倒れてたからてっきりあたし。ごめんなさいッ。この通りあやまるからぶたないでッ。
一平　質問に答えろ。一平ってのは誰だ。
みゆき　何言ってんのよ。あんたじゃない。
一平　オレ……。

一平、懐を探って運転免許証を出す。

一平　（見て）辻本一平……。

みゆき　嘘ッ。もしかして、記憶喪失。

一平　……。

みゆき　一平ちゃん、自分が誰だかわかんないの。

一平　今は何年だ。

みゆき　え。

一平　今は西暦何年だ。

みゆき　2000年よ。1000年に一度のミレニアム。

一平、近くにある競馬新聞を手に取る。

一平　（見て）2000年の4月1日。

みゆき　そう。来週の8日はあたしの誕生日。

と遠くで雷鳴。

一平、自分の顔を触ってみる。

一平　ハハハハハ。戻ったんだ、オレは。

みゆき　ハハハハ。戻ったって何が。
一平　戻ったんだあの日に！　ハハハハ。
みゆき　ハハハハ。一平ちゃん、気を確かに持って！

と叩くみゆき。

みゆき　一平ちゃん、よく聞いて。あたしは誰？
一平　知らない。ハハハハ。
みゆき　そうなんだッ。記憶がないんだ、今の雷のアレで！　ハハハハ。
一平　ハハハハ。
みゆき　そういうことならそういうことって早く言ってよ。ハハハハ。
一平　ハハハハ。あんたは誰だ。
みゆき　「あんたは誰だ」ハハハハ。「あんたは誰だ」ハハハハ。
一平　ハハハハ。
みゆき　教えてあげるわ。あたしはねえ、あなたの女王様なの。だからどんな命令でも従うのよ。
一平　女王様。
みゆき　そう。で、あなたはあたしのヒモ。あたしよりずーっと身分の低い売れないもの真似芸人。
一平　もの真似芸人。
みゆき　そう。言ってみれば人間の屑《くず》ね。
一平　屑。
みゆき　そう。くしゃくしゃポイよ。

一平　くしゃくしゃポイ。
二人　ハハハハ。

と雷鳴。

みゆき　ほら、ここは危ないから行くわよ。お家でビシビシしごいてあげるから。
一平　……。
みゆき　ほら早くッ。また雷が落ちたら大変でしょ。

と一平、新聞を持ってその場から足早に去る。

みゆき　ちょっとッ。家はそっちじゃないわよ！

しかし、もう一平はいない。

みゆき　何よ、もーわけのわかんないヤツ。

みゆきは傘を持って去る。

③

同日の午後。
廃屋のような場所。
と一人の男が携帯電話で話しながら出てくる。
眼鏡をかけたインテリ風の男。

甲斐　で、出発時間は。……16時45分。向こうへの到着はどのくらいに。……わかった。それでいい。……ああ、名前は偽名でな。……ああ、それで4枚。チケットは明日のうちに届けてくれ。……よろしく。（と切る）

とバンダナを頭に巻いた吉本兄が出てくる。
続いて野球帽を被った吉本弟。兄は大きめのバッグを持っている。

甲斐　どうだ、うまくいったか。
吉本兄　フフフフ、ばっちり。……ドーン。（と爆発音）
甲斐　それは――。
吉本兄　本番用。

甲斐、バッグを受け取る。

吉本兄　大丈夫。女といっしょで、肝心なトコを触らなきゃ声は出さない。

甲斐、開けて中身を見る。
観客には見えないが、そこには複雑な配線の時限爆弾が。

甲斐　……。
吉本兄　フフフフ。なかなか可愛いコでしょう。
甲斐　破壊力は。
吉本兄　イカせれば、半径30メートルが阿鼻叫喚《あびきょうかん》の地獄絵図。今日、ヤツらに見せたコより10倍は感度がいい。フフフフ。
甲斐　スイッチは。
吉本兄　その横のアレをいじってやれば1分後に「ああーん」。
甲斐　ご苦労さん。
吉本兄　いいえ。
甲斐　出発は明後日《あさって》の午後4時45分だ。

とパスポートを二人に渡す甲斐。

吉本兄　あの野郎（加賀）は。
甲斐　まだ。
吉本兄　……。
甲斐　何だ。
吉本兄　いや。

甲斐　「なんかうさん臭い気がする」か。
吉本兄　まあ。
甲斐　心配すんな。うさん臭くても同志は同志だ。
吉本兄　……。
甲斐　それに、交渉がうまくて敵の内部にスパイを持ってる同志は滅多にいないぞ。
吉本兄　スパイたってたかがあの野郎にダマされてるオンナでしょ。
甲斐　どんなオンナでも我々の役に立つことに変わりはない。（弟に）何だ、気にいらないのか。（パスポート）
吉本弟　じゃなくて、これ。（とバッグを示す）
甲斐　これが何だ。
吉本弟　いや、その何て言うか。ハハハハ。
吉本兄　何笑ってんだ。
吉本弟　だから――。
吉本兄　だから何だ。
吉本弟　……何でもねえよッ。
吉本兄　大丈夫か、お前。
甲斐　心配するな。人を殺すのがオレたちの目的じゃない。
吉本弟　……ならいいけど。
吉本兄　何だ、お前。さっきの爆発を見てビビっちまったのか。ハハハハ。
吉本弟　別にそういうわけじゃ。
甲斐　だが言っとくぞ。ヤツらの出方次第じゃこれを使うこともやむなしだ。

吉本弟　……。

と、一人の男がやって来る。
加賀年彦――冒頭の死刑囚の30年前の姿。

加賀　お揃いだな。
甲斐　……。
加賀　何だ。
吉本兄　いや。
加賀　「あの野郎は信用できねえ」とか何とかくっちゃべってたのか。
吉本兄　……。
加賀　仲間が信用できなくなったら世も末だぜ、爆弾博士。

と吉本兄の肩に手をかける加賀。

加賀　おッ。爆弾博士の力作がついに完成か。ほーこりゃすげえや。

とバッグの中身を見る加賀。

甲斐　企業《むこう》の様子は。
加賀　あわてるな。もうすぐ連絡が来る。

甲斐　見られてないな、ここに来るのを。
加賀　何年警察《サツ》の旦那たちと鬼ごっこやってると思ってんだ。あんたらと年季が違うんだよ。
甲斐　……。
加賀　（弟に）食うか。

とガムを出す加賀。

吉本弟　いや。
加賀　ハハハハ。何だ、毒でも入ってると思ってんのか。
吉本弟　別にそういうわけじゃ。

加賀、弟が持っていたパスポートを取る。

加賀　同じ仕事する仲間だろう。もう少し相手を信用していいんじゃねえのか。（パスポートを弟に返し）髭面《ひげづら》は似合わなんな。
吉本弟　……。
甲斐　あんたのぶんだ。いい男に撮れてるぞ。

とパスポートを加賀に渡す甲斐。

加賀　（受け取り）そりゃどうも。

吉本弟　でも、すげえよな。ホンモノそっくりだもんな。コンだけの技術がありゃあ偽札だって作れるんじゃねえのか。さすがGKO。ハハハハ。

と加賀の携帯電話が鳴る。

加賀　（出て）オレだ。……大丈夫。いっしょにいるのは爆弾テロのお仲間だけだ。で、そっちの様子は。警察《サツ》には連絡してねえな。へへへへ。よし、じゃあ予定通りに。……ああ。また何かあったら連絡してくれ。
人々　……。
加賀　聞いての通りだ。案の定、ヤツら警察には連絡してねえ。
甲斐　……よし。
吉本弟　じゃあいよいよ。
甲斐　（加賀に）あんたの出番だな。
加賀　あんたらどーするんだ。
甲斐　何が。
加賀　外国《あっち》に逃亡した後だよ。外国《あっち》で活動しようと思ってんのか。
甲斐　向こうには我々より大きな組織がある。そこに合流して世界規模で闘う。それ以外の何が我々にある。
加賀　ほう、ご立派なこって。
甲斐　あんたはそうじゃないのか。
加賀　そうだなあ。食うや食わずで泥まみれになって闘うよりは、太陽の降り注ぐ海岸でのんびりリゾートでも楽しみたいなあ。ハハハハ。

甲斐　(見て)……。

加賀　そんな怖い顔するなよ。冗談も言えない組織に未来はねえぞ。ハハハハ。

甲斐　冗談とは言え迂闊《うかつ》に口にするなッ。この腐れ切った社会の人間たちが言うようなことはッ。

緊迫したムードの加賀と甲斐。

吉本弟　ガムくれるかな、ガム。

加賀　(出す)

吉本弟　(噛んで)うん。うまいッ。ハハハハ。

吉本兄　……。

吉本弟　何かよくないよ。こういうの。オレたち仲間なんだからさ。もっと仲良くやろうよ。チームワークだよ、やっぱ、脅迫も。ハハハハ。

甲斐　向こうで逃亡ルートの確認をする。いっしょに来てくれ。

甲斐、去る。

吉本兄　せっかくこの世に産まれたんだ。元気に暴れられるといいなあ。

と爆弾に語りかけバッグを持って去る吉本兄。

加賀　とっても素敵なお兄様だな。
吉本弟　だろ。ハハハハ。
加賀　ハハハハ。

と雷鳴が聞こえる。

加賀　風邪引くなよ、アンちゃん。
吉本弟　へ？
加賀　天気予報だと明日は大雨らしいぜ。

と意味深長な言葉を残して去る加賀。

吉本弟　？

それを追う吉本弟。

④

同日の同時刻。
街角。
一人の神父が傘を持って出て来る。

丸山聖（33）――冒頭の神父の若い時代だ。
丸山、誰かを探している体で辺りを見回している。
と、舞台袖から健治の声が聞こえる。

健治の声　ああ、わかったよ！　テメーの雇ってる人間を信じねえで、こんなババアの言うこと信じるなら勝手にしやがれ！　ああ、こっちから辞めてやるよ！　だいたいこんな糞みてえなタコ焼き、誰もうまいなんて思ってねえんだよ！　このタコ親父が！

と、ちんぴら風の若い男（健治）が足早に出て来る。
健治、していた前掛けを取ってその場に叩き付ける。

健治　少しくらい人気があるからってな、えばんじゃねえよ！　一生そうやってタコ売ってくたばりやがれ！　この一生タコ親父が！　へへーんだ！

健治、丸山に気付く。

丸山　こんちは。
健治　……。
丸山　また喧嘩か。
健治　見てりゃわかんだろう。
丸山　（苦笑）

健治　あの糞ババア、釣り銭ごまかしたとか言い掛かりつけやがって。
丸山　ごまかしてないのか。
健治　ごまかしてねえよ。そんな百円、二百円の小銭ごまかすような男にオレが見えるか。
丸山　……。
健治　ごまかしたよ。いいじゃねえかよ、百円くらい。ババアは金持ってんだから。
丸山　直らんなあ、なかなか。
健治　大きなお世話だ。それより何か用かよ。この間の話の返事はもうしたぜ。
丸山　そこをもう一度考えてくれないか。
健治　あんた、頭おかしいんじゃねえのか。このオレがそんな恥ずかしいことする男に見えるのかよ。
丸山　恥ずかしいことじゃない。歌を歌うことはすばらしいことだ。
健治　ハッキリ言うけどね、オレ、神様なんか信じてねえから。
丸山　何も神を信じろとは言わん。ただ、みんなで歌を歌うことの喜びを知ってほしいだけだ。
健治　ハハハハ。知らなくていいです。
丸山　女の子もいるぞ。みゆきちゃんて言うんだけどな。
健治　どーせ死んだ方がいいようなツラした化けモンだろうが。
丸山　そんなことないぞ。とても可愛いコだ。それに中学校の先生も今日から来る。仲良くなれば勉強だって教えてくれるぞ。
健治　馬鹿言うなッ。今さら勉強なんかちゃんちゃらおかしいぜ。
丸山　そんなことない。探求は美徳だ。
健治　うるせえな。とにかくオレにもう付き纏《まと》うの止めてくれよ。鬱陶《うっとお》しいんだよ、あんたといると。
丸山　……。

健治　だいたいなんでオレばっかりに付き纏うんだよ。他にも屑みてえな野郎はいっぱいいるじゃねえか。
丸山　そりゃそうかもしれないが。
健治　けど何だよ。
丸山　お前は屑のなかの屑だから。
健治　……ハハ、ハハハハ。面白えこと言うじゃねえか。
丸山　ハハハハ。そうか。
健治　屑のなかの屑か、オレは。
丸山　ああ。
健治　ベスト・オブ・クズ。
丸山　ベーリーベスト。
健治　光ってるんだ、オレ、屑として。
丸山　ピカピカ。
健治　ハハハハ。
丸山　ハハハハ。
健治　てめえ、オレに喧嘩売ってんのか！

と丸山に迫る健治。

丸山　怒るなよ。だが、どんな世界でも光ってるってことは大切なことだ。うん。
健治　チッ。ものは言い様だな。

丸山　とにかくお前みたいなヤツにこそ、歌は必要なんだ。是非来てくれ。待ってるから。
健治　ハイハイ。勝手に待っていてくださいませ。
丸山　……。
健治　もーそんな顔してオレを見るな！　とっとと失せろッ、この糞神父が。
丸山　これ。

と傘を差し出す丸山。

丸山　人は一人で生きていけるほど強いもんではないんだぞ。

丸山、その場を去る。

健治　「人は一人で生きていけるほど強いもんではないんだぞ」ぞわぞわぞわーッ。（と鳥肌）生きていけるんだよッ、オレは。見くびんじゃねえよ！

健治、神父から借りた傘をふと見つめてから去る。

---

❺

同日の夕刻。
企業の重役室。

青柳専務が出てきてイライラと歩き回る。
と、「失礼します」という声がして秘書の奈々子が入ってくる。

青柳　何だ。
奈々子　警備から連絡がありまして、辻本一平という若い男の方が専務に会いたいと言ってるそうですが。
青柳　辻本一平――。
奈々子　ハイ。
青柳　そんなヤツは知らんッ。追い返せッ。
奈々子　わかりました。
青柳　西寺はまだ戻らんのか。
奈々子　ハイ。
青柳　ッたく、この非常時にどこをほっつき歩いてるんだ！
奈々子　あの、何か問題が――。
青柳　君は知らんでいい。
奈々子　はあ。
青柳　今日はバタバタしてて聞きそびれていたが。
奈々子　ハイ。
青柳　何色だ。
奈々子　ハイ？
青柳　今日の下着の色だッ。

奈々子　赤です。
青柳　赤か。かーッ。参ったな、こりゃ！　ハハハハ。くそーッ。

とイライラと歩き回る青柳。

奈々子　専務。
青柳　何だ。
奈々子　一度に相反する感情の神経を使うと自律神経が失調すると、本に。
青柳　君はわたしの何を見てるんだッ。とっくに失調しとるのがわからのか！
奈々子　すいません。

とスーツ姿の西寺がやって来る。

西寺　遅くなりましたッ。
青柳　連絡を入れんか、連絡を！
西寺　しましたが、繋がらなかったものですから。
青柳　繋がらないわけないだろう。何ために秘書がいて電話を取り次いでいる！
奈々子　誰から連絡が入っても繋ぐとなと。
青柳　誰がそう言ったッ。
奈々子　専務です。
青柳　そうだったッ。くそーッ。自律神経が失調したーッ。ハハハハ。何だ、この野郎！　おおー

ん！　わーい今日は遠足だあ！（とめまぐるしく感情が起伏する）
奈々子　救急車を。
西寺　（止めて）いいんだッ。ここは、ここはわたしに。
奈々子　でも。
西寺　いいから。必要なら連絡するから。
奈々子　はあ。
西寺　ご苦労様。

奈々子、首を傾げて去る。

青柳　で、どうだった、あっちの方は。
西寺　はあ。ハハハハ。
青柳　ハハハハ。ドーン（爆発）か。
西寺　ドーンどころではありません。ズドドドドドドーン！

と爆発の真似をする西寺。

青柳　ハハハハ。爆発したのか。
西寺　ハイ、指定されたクルマが木っ端みじんに。まったくもってすごいもんです。
青柳　感心してどーするんだ、感心してッ。
西寺　すいません。ですが、これでハッキリしました。ヤツらの脅しはホンモノです。

青柳　くそーッ。自律神経が失調したーッ。ハハハハ。何だ、この野郎！　おおーん！　わーい今日は遠足だあ！
西寺　落ち着いてくださいッ、専務！
青柳　……すまん。発作的につい。
西寺　送られたきたアレに連絡は。
青柳　いや、まだ何も。

と携帯電話を出す青柳。

西寺　そうですか。
青柳　くそッ。なんでよりによってわたしが専務になったとたん、こんなことに。
西寺　運が悪いとしか言い様がありません。
青柳　馬鹿者！　この交渉に失敗すれば、お前も道連れだということを忘れるな！
西寺　……。
青柳　ちょっと行って来る。

と出ていこうとする青柳。

西寺　どこへ。
青柳　警察だ。こうなった以上とても我々の手に追える事件ではない。
西寺　待ってくださいッ。言ったでしょう。今、警察にココに来られては、我々がアレがらみのナニを不正にアレしたことが追及される可能性が。

青柳　じゃあ、どーするって言うんだ！

西寺　わかりませんよッ。しかし、爆弾がホンモノとわかった以上、ヤツらの要求を飲むしか――。

青柳　どうやって飲む！　あのリゾート開発はすでにに着手されてるんだッ。今さら中止発表などできんことはお前にも分かってるだろう。

西寺　わかってます。

青柳　じゃどうやって飲むんだッ。

西寺　正直に言うしかないでしょう。どーしてもわたしの力ではあの開発を止めることはできない、と。

青柳　そんなことをして爆弾が爆発したらどーするつもりだ！

西寺　ですからそこをそうさせないように策を講じるんです。

青柳　どんなッ。どんな策があると言うんだッ。

西寺　フフフフ。

青柳　何だ、その余裕の微笑みは。

西寺　この問題を穏便に解決するにはこの方法しかありません。

青柳　どんな、どんな方法だ。

西寺　（指で金）

青柳　……オーケー。

西寺　じゃなくて――（指で金）。

青柳　オーケー。

西寺　金ですよ、金！

青柳　ああ――。
西寺　幸い今我々にはアレがらみのナニを不正にアレしてボロ儲けした金があります。それを出して許しを乞うんです。
青柳　馬鹿者！　いいか、相手は過激な環境保護団体として名高いＧＫＯだぞ。そんなことを言い出したら逆にヤツらの逆鱗《げきりん》に触れるに決まっとる。
西寺　言ってみなけれりゃわからないでしょう。
青柳　わかった。そうまで言うならお前に任せる。お前が交渉に当たれ。わたしはとても話しをうまくまとめられる自信がない。

と携帯電話を渡す青柳。

西寺　ちょちょちょっと待ってくださいッ。
青柳　お前ももうココに来て4年、立派な中堅だ。何事も勉強だ。
西寺　いい嫌ですッ。とても、とても自信がありませんッ。

と携帯電話を放り投げる。

青柳　これは命令だ！　男なら何とかしてみろ。
西寺　そういう問題じゃないでしょう。

と携帯電話をめぐって揉み合う二人。

と その携帯電話が鳴る。
西寺　ひゃーッ。
青柳　おーッ。おーッ。おーッ。
＊
と、別の場所に加賀が携帯電話を持って出てくる。
＊
青柳　出ろ、お前ッ。
西寺　嫌です。これは専務の仕事ですッ。
青柳　嫌だッ。勘弁してくれーッ。
西寺　もーッ。
西寺、携帯電話に出る。
西寺　もももしもし。
＊
加賀　出るまでに時間がかかりすぎだ。
西寺　すすすいませんッ。
加賀　あんたは——。
西寺　ああ青柳専務のぶ部下のにに西寺です。今、せせ専務と代わります。
と青柳に電話を渡す。

＊

と爆弾を持った吉本兄と弟が加賀の近くに出てくる。

＊

青柳　もしもし。
加賀　ビビるのはわかるがもう少し迅速に行動しろ。次からはすぐに電話に出なかったら即爆破するぞ。
青柳　すいませんッ。注意しますッ。
加賀　よし。予告した爆発の確認はできたか。
青柳　ああ。ズドドドドドーンって感じですごかったと、西寺が。ハハハハ。
加賀　じゃオレたちが本気だってことはわかったよな。
青柳　わかった、よーくッ。
加賀　で、結論は出たか。
青柳　はあ。
加賀　はあじゃわからん。ちゃんと返事しろ。
青柳　リゾート計画中止発表は、その、何と言うか――。
加賀　何だ、ハッキリ言え。
西寺　（「ハッキリ言え」とゼスチャア）
青柳　すいませんッ。簡単に中止発表にはできませんッ。
加賀　中止にできないだと。
青柳　もちろん、上層部と交渉は続けてみる。しかし、これはわたしの一存で決められるようなことではないんだ。だからもう少し、もう少しだけ時間をくれッ。
加賀　ハハハハ。てめえ、オレたちをおちょくってんのか。
青柳　とととんでもないッ。あなたたちが本気だということはよーく。
加賀　交渉決裂だな。しかし、よく覚えとけ。あんたらのせいで多くの人間が死ぬんだ。ドーン。
青柳　待ってくださいッ。
西寺　(「金」とゼスチャア)
青柳　その代わりと言ってはナンだが――その、何と言うか、提案がある。
加賀　提案？
青柳　ああ。
加賀　どんな提案だ。
青柳　もしも気に触ったならすぐ取り下げるから怒らないで聞いてくれ。
加賀　何だ。
青柳　金を――払う。
加賀　金だと。

＊

と甲斐が加賀の近くに出てくる。

＊

青柳　あーすいませんッ。しかし、今我々にできるのはそれくらいしかないんだッ。

＊

加賀、甲斐らを見る。

加賀　いくら出す。

青柳　え？
加賀　いくら出す、金を。
青柳　それはこちらからは何とも。そちらとしてはどうかね。いくら用意すれば爆弾テロを見合わせてくれる。
加賀　そうだなあ、とても少ない額だが４００万ドルなら手を打とう。
青柳　４００万ドル！
加賀　そうだ。爆発で死ぬ人間の数を考えれば安いもんだろう。
青柳　……。
加賀　それが出せないなら、爆弾で死人が出るだけの話しだ。ドーン。
青柳　くそーッ。人の足もとをみやがってッ。
加賀　どうだ、出せるか。
青柳　……。
西寺　（「やむなしッ」とゼスチャー）
加賀　交渉決裂だな。あばよ。ドーン。
青柳　わわわわわかったッ。金で解決できるなら何とかしようッ。
加賀　（にやりとして）……。
青柳　どうだ、それでとりあえず納得してくれ。
加賀　いいだろう。明日の午前11時までに金を準備して待機しろ。いいかアメリカ$《ドル》で４００万だからな。
青柳　わかった。
加賀　ただし、少しでも妙な真似してみろ。すぐに死人が出るからな。覚えとけよ。ドーン。

と電話を切る加賀。

西寺　やりましたねッ、専務ッ。

青柳　くそーッ。ハハハハ。何だ、この野郎！　おおーん！　わーい今日は遠足だあ！

と青柳たちは去る。

6

同日の夕方。
廃屋のような場所。
前景の人々がいる。

甲斐　どーいうつもりだ。

と拳銃を抜く甲斐。

加賀　おいおい、そうかっかするなよ。

甲斐　……。

加賀　考えてもみろ。このままじゃ金も手に入らずただ人が死ぬだけだ。それじゃ目的を達することもできねえじゃねえか。

甲斐　……。
加賀　あんたらも追われる身。国外逃亡には金がいるだろう。
吉本兄　金はある。
加賀　ハハハハ。見栄を張るな。あんたらの様子見てたら金があるかないかはよくわかる。
人々　……。
吉本弟　けど。
加賀　けど何だ。
吉本弟　それじゃオレたちは単なる強盗じゃ――。
加賀　単なる強盗かそうじゃねえかは金を頂いた後、外国《あっち》での活動を通して証明すりゃあいいことじゃねえか。
吉本弟　……。
加賀　爆弾ひとつ作るにも金はいる。金があればもっと精巧で強力なヤツが作れるだろう。
吉本兄　ふざけるなッ。テメーの言いなりにはならねえんだよッ。
甲斐　まあ、待て。
吉本兄　……。
加賀　あんたらがどーしてもそれじゃ納得しねえって言うなら仕方ねえ。オレと別れてそいつ（爆弾）使って人殺しになりゃいいさ。
甲斐　……。
加賀　だが、外国《あっち》の受入れ先でも人殺しは歓迎されねえぞ。ここはオレを敵に回さない方が頭はいいと思うがなあ。
甲斐　初めからそのつもりだったな。

加賀　どう思おうとあんたの勝手だ。だが、これだけヤバい橋渡るんだ。それ相応の見返りをいただいて当然じゃねえか。

甲斐　いいだろう。

吉本兄　しかしッ。

甲斐　いいから。

吉本兄　……。

甲斐　どちらにせよ、国外逃亡にも金はいる。資金を持参すれば向こうも悪い顔はしない。それに大金を払わせて経済的な打撃をヤツらに加えれば、今後のヤツらの開発活動を制限する布石にもなる。

加賀　話がわかるじゃねえか。

甲斐　だが、ひとつ言っとくぞ。我々の最終目的はあくまでヤツらに開発計画を中止させることだ。金を奪って太陽の降り注ぐ海岸でリゾートすることじゃない。

加賀　へッ。

甲斐　それと、もしも金の受け渡しに失敗したら責任はあんたに取ってもらう。

加賀　……。

甲斐　当然だろう。あんたが言い出したことだからな、これは。

と出ていこうとする加賀。

甲斐　どこへ行く。

加賀　失敗して責任を取らないようにするには、いろいろ情報が必要でな。

と加賀はその場を去る。

二人　……。
甲斐　大丈夫だ。こっちにはこの可愛コちゃん（爆弾）がいるんだ。コイツがある限りあの野郎の言いなりにはならん。
二人　（うなずく）
甲斐　腹減ったな。何か食い物を買って来い。金はあるか。
吉本弟　えーと。

と加賀が去ったのとは反対側でもの音がする。

甲斐　（銃を出し）誰だ。
一平　……。
甲斐　誰だって言ってるんだ。

一平、困った顔をして出てくる。

甲斐　何してるそこで。
一平　……。
甲斐　質問に答えろ。そこで何してる。
一平　久し振りだな、アンちゃん。

と吉本弟の肩に手をかける一平。
弟に張り倒される一平。

甲斐　何を見た？
一平　いや何も。
甲斐　（迫る）
一平　実は、加賀を――いや、加賀さんを捜してるんです。
甲斐　加賀。
一平　ここに入るのを見掛けたもんで。
甲斐　……。
一平　いますか、加賀さん。
甲斐　いや。
一平　そうですか。ならいいんです。どうもお邪魔しました。

と爆弾を持って行こうとする一平。
それを止める吉本兄ら。
兄、バッグをもぎ取る。

甲斐　あんた、何者だ。
一平　何者って言われるほどたいしたヤツじゃ。
甲斐　（迫る）

一平　もの真似芸人です。
甲斐　もの真似芸人。
一平　ええ。
甲斐　何を真似るんだ。
一平　さあ。
甲斐　？
一平　あーいや、その、いろいろです。芸能人とかそういうのを、少し。
甲斐　やってみろ。
一平　ハイ？
甲斐　もの真似だ。
一平　……誰のを。
甲斐　誰でもいいッ。
一平　えーと今は２０００年ですよね。長嶋茂雄《ながしましげお》さんはまだ生きてますよね。
甲斐　ああ。
一平　いわゆるひとつの（と真似て）……できませんッ。
甲斐　（拳銃を構える）
一平　わーッ。わかったやりますよ。やりゃあいいんでしょう。別の人です。

芸能人のもの真似（誰も知らない人）をする一平。
とてもうまくいく。

一平　似てましたよね、何か。
甲斐　誰に。
一平　ビーグル浜田山ですよ、ほら何て言いましたっけ、『ビバ・ブラジル』が大ヒットした。
甲斐　誰だ、そいつは。
吉本兄　さあ。
吉本弟　（首を横に振る）
一平　しまったッ。まだヒットしてなかったんだッ。
甲斐　何？
一平　いえ。
甲斐　まあいい。
一平　すいません。まだ駆け出しのもんで。ハハハハ。それじゃ、これで。

それを止める吉本兄ら。
一平のポケットから運転免許証を取る甲斐。

甲斐　加賀とはどういう関係だ。
一平　その、親戚のようなもんかなあ。
甲斐　親戚。
一平　そう。つまり従兄弟《いとこ》ですね。
甲斐　……。
一平　ハハハハ。どうも。

と行こうとする一平。
それを止める吉本兄弟。
と甲斐、一平の腹に蹴りを入れる。

甲斐　何を企んでる。加賀は何を企んでる！
一平　……。
甲斐　フフフフ。言わないと、二度と下手なもの真似ができなくなるぞ。

と甲斐の携帯電話が鳴る。

甲斐　（出て）ハイ。ジャスト・ア・モーメント。すぐ戻る。

と爆弾のバッグを持って奥へ去る甲斐。

一平　……。
吉本兄　ゲームをしよう。
一平　え？
吉本兄　オレたちが5人もの真似のリクエストをする。似てなかったら指を次々と切り落とす。フフフフ。（とナイフを出す）
吉本弟　へへへへ。××。（とものの真似する人の名前）
一平　……。

吉本兄　どした、できないのか。（とナイフを構える）
一平　そう言えば。
吉本兄　そう言えば何だ。
一平　あんたは誰にも言ってないことがあるよな。
吉本兄　何？
一平　あんたの秘密さ、誰にも知られていない。
吉本兄　なな何のことだ。
一平　その髪のことさ。
吉本兄　何だと。
一平　フフフフ。お前の髪は。
吉本兄　……。
一平　お前のその髪は、鬘《かつら》だってことだよッ。
吉本弟　ハハハハ。馬鹿言うなッ。なあ。
吉本兄　なななんで、なんでそのことをッ。（とひるむ）

一平、前転して兄に接近、ナイフをもった手を取る。

吉本兄　てててめえ！

と弟が飛び掛かろうとする。
それをナイフで威嚇する一平。鮮やかさ。

一平　動くな！

一平、兄の手を持ったまま、出入り口に後退する。

一平　そのままだ。そのまま動くなよ。

と、吉本兄を押し倒し、

一平　あばよ。

と走り去る一平。

吉本弟　大丈夫か。
吉本兄　いいから追え！

と行こうとするが立ち止まる弟。

吉本兄　何だッ。
吉本弟　ホントなのか。
吉本兄　何がッ。
吉本弟　（髪の毛を指す）

吉本兄　いいから早く追え！

吉本弟、一平を追って走り去る。
それに続く吉本兄。

＊

一平が走り出る。
一平、辺りを見回し、サッと隠れる。
吉本弟が出てきて、その横を通り過ぎる。
すぐ兄が走り出るが、兄は息切れしてはあはあ言っている。

吉本兄　くそーッ。

と弟の後に続く吉本兄。
二人が去った後、一平が出てくる。
息切れしていない自分の肉体に気付く。
一平、うれしくてその場で腿上げなどして走ってみる。

一平　ハハハハ。

反対側に走り去る一平。

＊

みゆきが自転車で出てくる。
と、一平の姿が目に入り、まずいと思い隠れようとする。

一平　（出てきて）あーッ。いいとこで会ったッ。
みゆき　……。
一平　どこに行くんだ。
みゆき　うん、まあ、ちょっと。それより頭、大丈夫？
一平　ああ。
みゆき　競馬じゃなかったの。
一平　乗せてくれ。
みゆき　え？

と後部座席に乗り、

一平　ほら、早く！
みゆき　でも――。
一平　いいから早く！

とみゆきの自転車に乗って去る一平。

7

と無精髭をはやした島岡が出てくる。
島岡は手に小端子を持っていて聖歌を口づさんでいる。
さびれた小さな教会の礼拝堂。
そこに丸山がやって来る。
丸山は、口元から血を流している。

島岡　どうも。開《あ》いてんだんで勝手に。――あれ、どしたんですか。
丸山　何でもない。
島岡　殴られたんですか。
丸山　いいや。殴ったんだ、わたしが、この頬で相手の拳を。
島岡　わかったッ。健治くん、しつこく勧誘したから怒らせたんでしょ。
丸山　健治じゃない。別の屑だ。
島岡　そうですか。
丸山　さ、始めるか。
島岡　始めるかってまだ集まってないじゃないですか。
丸山　だいたいこんなもんだ。
島岡　こんなもんて、まさかわたし一人だけってことはないですよね。
丸山　もうすぐみゆきちゃんが来る。

島岡　……。
丸山　大丈夫だ。また新しい屑を連れてくるから。
島岡　はあ。でも、わたしとしては屑じゃない方が。
丸山　登校拒否して公園で寝泊まりしてる学校の先生が何を言うか。
島岡　まあ、そう言われると一言もないですけど。ハハ。
丸山　すぐ始めるからちょっと待っててくれ。……おー痛て。

と頬を押さえながら奥に去る丸山。
そこにみゆきに連れられて一平が来る。
一平は辺りを見回している。

みゆき　絶対ヘンなことしないでね、神父さんに。
一平　わかってるよ。
みゆき　(島岡に気付き) どうも今晩は。
島岡　今晩は。みゆきちゃんですか。
みゆき　ハイ。
島岡　話しは神父さんから。今日から参加することになった島岡です。よろしく。

とみゆきと握手する島岡。

島岡　いやあ、誰も来ないからひやひやしてましたよ、ホント。

みゆき　先週まではもう少しいたんですけど、みんな長続きしなくて。
島岡　「ソシアル・ダスト」って言うんですってね、この聖歌隊の名前。
みゆき　ええ。みんな社会の屑だから。ハハハハ。
島岡　ハハハハ。そちら（一平）も屑ですか。
みゆき　ええ。
島岡　ハハハハ。
みゆき　ハハハハ。
一平　ハハハハ。
みゆき　あ、ごめなさいッ。つい本音がポロって。
一平　いいや。確かにわたしも――屑だったことに、ちがいはない。

と遠くを見て懐かしそうに言う一平。

島岡　何懐かしがってんですか、お若いのに。ハハハハ。島岡です、よろしく。

と一平と握手する島岡。
丸山がポータブルの電子ピアノを持って戻って来る。

みゆき　今晩は。
一平　今晩は。
みゆき　あれ、どうかしたんですか。

丸山　何でもない。
島岡　殴ったんですって。
みゆき　え？
島岡　頬で相手の拳を。
みゆき　……へえ。

丸山、一平に気付き、

丸山　あれ、あんたは――。
一平　あー辻本一平です。その、コイツのコレ（親指）でして。ハハ。
丸山　ほう、あんたが。噂は聞いてる。（とみゆきを見る）
みゆき　（「何も言わないでッ」とゼスチャア）
丸山　興味あるのか、歌に。
一平　ええ、まあ。
丸山　そうか。ハハハハ。歓迎するぞ。いや、みゆきちゃんに聞く限りあんたのような人間こそ、この聖歌隊に入る資格のある人間だ。ハハハハ。
みゆき　ハハハハ。

一平が怒らないかひやひやしながら見ているみゆき。

丸山　よしッ。じゃあさっそく始めよう。これをみんなで歌えるようにするのがまず第一の課題だ。

と歌詞の書いた小端子を一平に渡す丸山。

丸山　今日は初めての人もいるのでまずこの会の趣旨を言っておこう。この会の名称は「ソシアル・ダスト」と言う。その名の通り社会の屑によって作られる合唱隊だ。社会の片隅に捨てられた屑たちが、屑からごみへ、ごみからリサイクル品へ生まれ変われるよう、歌を通してともに生きるということを学ぶのが目的だ。

一平　……あんた。

丸山　何だ。

一平　あんた、丸山さんか。丸山聖《さとし》——。

丸山　それがどーした。

一平　こここれを歌ってくれ、この歌をッ。（と小端子を示す）

丸山　あわてるな。これから——。

一平　頼むッ。歌ってくれッ、これを！

丸山　そんなに聞きたいのか、オレの歌を。

一平　ああ。

丸山　まあ、そうまで言うなら。聴いて驚け。

丸山、冒頭で披露した歌を歌う。
とても下手。

一平　（確信し）ハハ、ハハハ、ハハハハ。
丸山　ハハハハ。

一平、丸山に抱き付く。

丸山　おいおい。
一平　おーッ。（と泣く）
丸山　おーッて、あんた。そんなに感激するなよ。
一平　嘘つき！　昔は痩せてたって言ってたくせに！
丸山　？
みゆき　一平ちゃん、大丈夫？
一平　ききき聞いてくれッ。この人はこの人は――。
みゆき　この人は何？
一平　あーその、つまり、何て言うか。ハハハハ。（と泣き笑い）
人々　（顔を見合わせる）
丸山　病気か。
みゆき　さあ。でも今朝からなんかヘンなんです。
丸山　……。

一平、丸山の歌った歌を歌う。――なかなかうまい。

人々　……。

と、丸山、それに合わせて歌い出す。

楽しそうな二人。

みゆきもそれに加わる。

島岡もそれに続く。

歌を歌う人々。

と、そこへ健治がやって来る。手には傘。

丸山　おーッ来たな。やっとやる気になったか。

健治　別にやる気になってなんかねえよ。けど、これ（傘）返そうと思って。

丸山　健治だ。短気な盗人《ぬすっと》だから取扱注意だぞ。ハハハハ。

健治　何だと。

一平　ハハハハ。この、この、この！（と健治を肘でつつき）短気な盗人！　ハハハハ。

健治　何だよ、こいつ。

丸山　えーと、なんだっけ名前。

一平　加賀ですよ、加賀年彦ッ。

みゆき　え？

一平　あー違ったッ。一平だ、辻本一平。ハハハハ。コイツ（みゆき）のコレ（親指）です。

丸山　これが言ってたみゆきちゃんと島岡先生だ。

健治　思った通りだ。冴えない糞野郎どもが雁首《がんくび》揃えてやがるぜ。へへッ。

丸山　（苦笑）
人々　……。
健治　じゃあな。近所から苦情が来ない程度に下手くそな歌でも歌ってやがれ。

と傘を捨てて行こうとする健治。

丸山　（止め）待てよ。せっかく来たんだ。いっしょに歌を歌おう。
健治　馬鹿言うなッ。
丸山　店クビになってどうせ行くところないんだろう。
健治　あんたには関係ねえだろう。放せよ、おい――。
丸山　いいからここにいろッ。
健治　放せって言ってんだよッ、この糞神父！

と丸山を突き飛ばす健治。
倒れる丸山。

健治　あばよ。

と、行こうとする健治の肩をつかむ一平。

健治　何だよ。

と振り返る健治を一平は突然殴り倒す。

島岡　ひゃーッ。

とみゆきと手を取り合う島岡先生。

一平　お前は、お前は神父さんの気持ちがわかんねえのか！
丸山　え？
一平　神父さんはな、お前らに更生してほしいからびた一文も貰わずにこんなことやってんだぞッ。あんたはまだ若いからわからねえかもしれねえがな、後30年もすれば身に染みてわかる。人間は、人間は一人で生きていけるほど──強くないってことが。

と遠くを見て懐かしそうに言う。

島岡　また遠く見てる。
一平　そりゃ確かにこの人は神父のくせに口汚い。平気で嘘もつく。その上にこんなにデブだ。そもそも神を本気で信じてるどうかさえ疑わしいところさえある。オレが司教なら即刻クビだ。でもよく考えろ。お前みたいな屑を屑として扱わないのヤツがこの世にどれだけいる。いねえんじゃねえか、お前の周りに。
健治　……。
一平　「友のいる人生に挫折はない」──神父さんの好きな言葉だ。

丸山　（「え？」となる）
一平　屑だろうと何だろうと、ここにいる人たちを愛さないで、お前の横にいるこいつをこいつを（とみゆきと島岡を示し）愛さないでどーすんだ！

ところから言う一平。

健治　……。
一平　すいません。なんか出過ぎたことして。
丸山　いいや。
一平　……。
丸山　なぜだ。
一平　え？
丸山　なぜその言葉をわたしが好きだ、と。
一平　いや、何となく、そう思って。
丸山　……。
島岡　（みゆきに）素敵な彼氏ですね。
みゆき　そんなはず――いつもは「この女《あま》この女この女」って。
一平　……。
みゆき　一平ちゃん、いったいどーしちゃったの。いつからそんなすばらしい人になってしまったの。
一平　……。
丸山　ハハハハハ。何か参ったな。こんな展開になるとは思わなかったぞ。

島岡　ハハ。
みゆき　ハハ。
健治　……。
丸山　一平って言ったな。
一平　ええ。
丸山　なかなかうまいじゃないか。
一平　はあ。自分でもびっくりしました。ハハハハ。
丸山　ハハハハ。よしッ。じゃあ、練習を始めよう。健治は見ていけ。いいな。
健治　わかったよ。
丸山　よしッ。

丸山、ピアノで「ド」を出す。

丸山　この音を出してくれ。
人々　あー。

と「ド」を出す。
丸山、ピアノで「ミ」を出す。

人々　あー。

と「ミ」を出す。
丸山、ピアノで「ソ」を出す。

人々　あー。

と「ソ」を出す。
みゆきと一平は音が取れるが島岡は取れない。

丸山　まあいい。じゃとにかくまずみんなで歌ってみよう。

丸山、ピアノを引く。（電子ピアノに記憶させたものでもよい）
歌の練習を始める人々。
てんでんばらばらでとても聞けた歌ではない。
それを冷笑して見ている健治。
暗くなる。

❽

その日の夜。
廃屋の近くの公園。
加賀が出てくる。

と反対から甲斐が来る。

甲斐、辺りに人がいないか確かめてから加賀の横に来る。

加賀　何だ、大事な用って。

甲斐　……。

加賀　この期《ご》に及んでおじけづいたわけじゃねえだろうな。

甲斐　辻本一平。

と免許証を出す。

甲斐　知り合いか。

加賀　(見て)……さあな。こいつが?

甲斐　もの真似芸人やってるあんたの親戚じゃないのか。

加賀　もの真似芸人?

甲斐　ああ。

加賀　ヘッ。そんな楽しい親戚はいねえよ。

甲斐　……。

加賀　こいつがどーした。

甲斐　あんたを捜して今日、アジトに来た。

加賀　アジトに?

甲斐　ああ。

加賀　……。
甲斐　年季が違うんじゃなかったのか、鬼ごっこの。
加賀　それで。
甲斐　あんたがいないとわかって行こうとしたので、捕まえたが逃げられた。
加賀　……。
甲斐　今、二人が捜してる。
加賀　……。
甲斐　まずいんじゃないのか、オレたちがあそこで落ち合ってるのを知ってるヤツがいるのは。
加賀　……。
甲斐　どーいうことか説明してくれ。
加賀　どーいうも何もこんなヤツは知らん。
甲斐　じゃなぜコイツがあんたを捜していた。
加賀　本人に聞け。
甲斐　あんたが知らないってことは、あんたを追ってる公安の人間だってこともある。
加賀　そんなことはない。
甲斐　断言できるのか。
加賀　そんなヘマはやらん。
甲斐　あんたが何を企んでるか知らんが、どちらにせよサイは振られた。事を起こした後にまずいことにならないように気を付けることだな。
加賀　……。
甲斐　話しはそれだけだ。

甲斐、その場を去る。

加賀　（免許証を見て）……。

と加賀の携帯電話が鳴る。

加賀　（出て）オレだ。

と別の場所に奈々子が携帯電話で話しながら出てくる。

奈々子　あたしです。
加賀　ああ。どうだ、そっちは。
奈々子　安心して。西寺が金を用意してるわ。明日の朝までには準備できそう。あなたの言った通り。爆発見たのが利いたみたい。あいつら、例の隠し金でカタをつける気よ。
加賀　そうか。
奈々子　そっちはどう。アイツら、うまく言いくるめることできた？
加賀　まあ、な。
奈々子　じゃあ予定通りね。
加賀　……。
奈々子　もしもし、どうかした？
加賀　いや、ちょっと気になる情報を掴んだんでな。

奈々子　気になる情報。
加賀　お前、このことを誰かにしゃべったりしてねえだろうな。
奈々子　してないわよ。しゃべるわけないじゃない。
加賀　……。
奈々子　どーいうこと。
加賀　辻本一平。この名前にこころ当たりはあるか。
奈々子　辻本一平――。
加賀　そうだ。年は28。もの真似芸人らしい。
奈々子　もの真似芸人。
加賀　ああ。
奈々子　……ぇッ。
加賀　何だ。知ってるのか。
奈々子　今日、うちの会社に来た男が確かそういう――。
加賀　会社にそいつが来たのか。
奈々子　ええ。じじいに会いたいって言ってたらしいけど、門前払いにした男のはずよ。あたしは会ってないけど。
加賀　……。
奈々子　そいつが何か。
加賀　いや、いいんだ。だが、今度その男がそっちに現れたらすぐに連絡しろ。いいな。
奈々子　ええ、わかったわ。
加賀　じゃあな。（と切る）

と奈々子、電話を切って去る。
加賀、一平の免許証を見る。

加賀　何者だ、くそッ。

とつぶやいて、奈々子とは反対に去る加賀。

9

その夜。
教会の一室。
丸山とともに一平が来る。

丸山　何だ、二人だけで話しって。懺悔《ざんげ》でもしたいのか。
一平　まあ、ちょっと。
丸山　聞こう。言ってみろ。
一平　はあ。
丸山　みゆきちゃんに暴力を振るうことか。
一平　いえ。
丸山　動物を虐待することか。
一平　いえ。

丸山　競馬で借金作ってることか。
一平　いえ。
丸山　その金をみゆきちゃんに働かせて搾《しぼ》り取り、返すどころかまた競馬で使っちまうことか。
一平　オレ、そんなに酷いヤツなんですか。
丸山　そうだ。今日のあんたは全然違うらしいが。
一平　……。
丸山　わたしの前だからいい子になってるってわけじゃないんだろう。
一平　まあ。
丸山　ま、あんたがそんな酷いヤツじゃないのは一目見ればわかるがな。
一平　ハハ。
丸山　何だ。言ってみろ。言えばこころは清められる。
一平　はあ。
丸山　何も人を殺したってわけじゃないんだろう。
一平　まあ。正確にはまだということですけど。
丸山　まだ？　まだとはどーいう意味だ。
一平　つまり——。

と健治が島岡を連れて憤然とした様子でやって来る。
続いてみゆきが島岡のバッグを汚いものを扱うように持ってくる。

島岡　痛いなッ。そんな引っ張るなよ！

丸山　どした。
健治　何とか言ってくれよッ、もう。
丸山　何？
健治　この野郎、とんでもないヤツだぜ。
島岡　返してくださいよッ。
健治　おとなしくしろ！　往生際の悪いヤツだッ。
丸山　どーいうことだ。
みゆき　これ。

と島岡のバッグを渡す。

島岡　あー何するんだッ、ヒトのもの勝手に！

とそれをはがいじめにして止める健治。

丸山　先生のバッグがどーかしたのか。
みゆき　なか見てください。
丸山　なかって——。

丸山と一平、バッグの中身を見る。
一平、一枚のブラジャーを取り出す。

みゆき　みーんな女物の下着なんです。
丸山　……なるほど。
健治　あんた中学の先生なんだろう。中学の先生がこんなことしていいと思ってんのか！

と島岡を突き飛ばす健治。

島岡　おおーッ。

と泣き出す島岡。

島岡　すいませんッ。でも、どうしても物干しに女性の下着がブラ下がっているとついフラフラと。
健治　謝れば済むと思ってんのかよッ。
みゆき　変態よねえ。ハハハハ。
島岡　確かによくないことだとは思います。でも、負けてしまうんです、いつも、レースの花柄や黒いブルマーの誘惑に。
健治　何が誘惑だよ。まったく呆れたセンコーだせ。
みゆき　不登校って聞いたけど、ホントはこの趣味がバレて――。
島岡　ええ、見付かったんですよ、教え子に。わたしがそういう趣味を持ってるってことが。ある日、授業に行くと女子生徒たちがくすくす笑ってるんです。どしたんだろうと思って黒板を見たら「ヘンタイ先生」という文字が。
一平　あちゃー。

島岡　噂はすぐに学校中に広がりました。同僚の先生たちも口にこそ出さないけど、わたしを見る目が冷ややかなんです。それは一種の地獄でした。
健治　何かっこつけてんだよッ。下着泥棒のくせして。
島岡　（健治をキッと見る）……。
健治　何だよ。
島岡　そういうあんただって泥棒じゃないですか。
健治　何だと。
島岡　言われたくないですねえ、泥棒にそんなえらそうなこと。
健治　おい、ちょっと待て。オレが何盗んだって言うんだよ。
島岡　知りませんよ、そんなこと。でも、何度も警察に厄介になったって言うじゃないですか。そのたびに神父さんに世話になって。そういうえらそうなことはね、もっとましな人間になってから言ったらどうですか。
みゆき　まあまあ。二人とも喧嘩はよしましょうよ、こんなトコで。
島岡　あなたもあなただ。
みゆき　何よ。
島岡　「変態よねえ」ですって。ハハハハ。風俗で働いてる女にそんなこと言われたくないですねえ。
みゆき　それどーいう意味よ。下着集めの変態といっしょにしないでほしいわ。
島岡　金ほしさにからだ売ってる女に説教されたくないって言ってるんですよ。
みゆき　何ですって。
健治　テメーのこと棚上げて何言ってやがんだよ、この変態野郎が！
島岡　何だ、この泥棒野郎！

島岡と健治、揉み合う。
それを止める一平と丸山。

丸山　やめろ、こら、二人ともッ。

引き離される二人。

丸山　人にはそれぞれ秘密はある。ま、あんまり褒められた秘密じゃないが、いいじゃないか、下着が好きなヤツがいても。ま、盗んじゃいかんがな。
人々　（それぞれに不愉快で）……。
丸山　認めてあげよう、そんな先生を。
健治　冗談じゃねえよ。こんな変態野郎といっしょに歌なんか歌えるか！
みゆき　ホントよ。
島岡　こっちだって願い下げだよ、このちんぴらと売春婦が！

とまた喧嘩しそうになる三人。

健治　チッ。

と出ていく健治。

みゆき　（一平に）何とか言ってよ。
一平　いろいろ大変だよねえ。ハハハハ。
みゆき　笑い事じゃないわよ。自分の女が売春婦呼ばわりされて黙ってるの。
一平　売春婦なんでしょ。
みゆき　もーいい。馬鹿！　（島岡に）ひとつだけ言っとくわ。あたしは確かに一平ちゃんに脅されてるけど、自分の仕事に誇りを持ってるわ。

と出ていくみゆき。

島岡　すいません。わたしのせいでせっかくの会を。
丸山　まあ、なあ。（と苦笑）
島岡　おーッ。

と泣いて走り去る島岡。
下着の入ったバッグは残っている。

丸山　（溜め息をついて）また一から出直しだな、こりゃ。
一平　いろんなヤツがいますね。
丸山　ホントそうだな。ハハハハ。
一平　ハハハハ。
丸山　置いてっちゃったよ。（とバッグを漁りブラを出し）いるか。

一平　いや結構です。
丸山　すごいな、これ。
一平　ですねえ。
丸山　一平、これが何だかわかるかな。

丸山、ブラを目に当てる。

一平　眼鏡。
丸山　ピンポンピンポンピンポン！　じゃこれは。「バブー」

とブラを頭に当てる。

一平　赤ん坊。
丸山　ピンポンピンポンピンポン！　じゃこれは。「フォッホッホッ」

とブラを頬に持っていく。

一平　コブトリじいさん。
丸山　ピンポンピンポンピンポン！　すごい！　よくわかるなあ、これがコブトリじいさんだって。
一平　もうそれはやめましょう。ヒトに見られると、職を失います。

とブラをバッグのなかにしまう一平。

丸山　おッ。こんなものが！

と島岡のバッグのなかにスナック菓子を発見する丸山。

丸山　ハハハハ。食うか。
一平　いいんですか、勝手に。
丸山　お恵みだと思え、神の。
一平　好きですね、そういうの。
丸山　こんなもんばっかり食うから太るってことはわかってるんだが、酒を飲まないぶんこういうものについ手がなあ。
一平　そう言ってましたね。
丸山　ああ。……え？
一平　いや、その——あ、これ（菓子）おいしいんですよねえ。（とはぐらかす）
丸山　（一平を見て）……。
一平　何ですか。
丸山　いや。なんか今日初めて会ったような気がしなくてな。フフ。
一平　……。
丸山　（食べる）
一平　あの。

丸山　うん？
一平　さっきの話しの続き、いいですか。
丸山　ああ、懺悔か。
一平　懺悔というよりは真実の告白です。
丸山　そうか。食いながらじゃ嫌か。
一平　いえ、構いません。
丸山　聞こう。
一平　突然、こんなことを言っても簡単に信じてもらえないってことはわかってます。けど、これは本当のことです。
丸山　何だか大袈裟だな。
一平　結論から言うと、オレはオレじゃないんです。
丸山　何？
一平　つまり、オレは外見は辻本一平ってことになってるんですけど、魂と言うかこころと言うか精神と言うかそっちは別の人間なんです。
丸山　別の人間。
一平　そうです。しかもややこしいのは、その魂は今のオレのものではなく、30年後のオレだということなんです。
丸山　まあ食え。（とスナックを勧める）
一平　理解してもらったらもらいます。
丸山　もう一度言ってくれるか。
一平　オレの本当の名前は加賀年彦。今は過激なことで知られる環境保護団体「ＧＫＯ」のメンバーですけど30年後の未来だと死刑囚です。
丸山　つまり、ＳＦか。
一平　ＳＦじゃなくて現実です。30年後の死刑囚、加賀年彦の魂が、どういうわけかこの辻本一平っていうもの真似芸人の肉体に転生したんです。
丸山　ハハハハ。いろんな人の告白を聞いてきたが、こんな秘密の告白は初めてだな。
一平　本気で聞いてくださいッ。
丸山　あーすまんすまん。
一平　あなたの好きな言葉をなぜオレが知ってたと思いますか。
丸山　……。
一平　勘じゃありません。あなたから直《じか》に聞いたんです。12年後に出会ったあなたから直接。
丸山　……。
一平　あの聖歌をなぜオレが知っていたと思いますか。あなたが来る度に歌ってくれたからです。
丸山　……。
一平　他にも知ってることはいっぱいあります。なぜなら、今から12年後に刑務所で出会い、その後18年もの間、オレに付き合ってくれたからです。
丸山　そんな。
一平　生まれは埼玉県飯能《はんのう》市。実家は浄土宗の寺です。両親と弟が二人。弟の名前は剛《つよし》と武志《たけし》です。
丸山　その通り。……何？（**とびっくりする**）
一平　寺に生まれながら神父になろうと思ったのは、高校のとき好きだった女の子がクリスチャンで、そのコと話すきっかけがほしかったからです。女にもてるために神父になったという意味では、とても不純な動機からの出発でした。

丸山　悪かったな。……おーッ。（と驚く）

一平　歌は好きだが、歌うのは下手です。サザン・オール・スターズと竹内まりやが好きで、立場上余りおおっぴらにはしてませんが、サザンのファンクラブに入っていて、夏のコンサートには必ず行きます。

丸山　（サザンを歌って）……おーッ、おーッ。

一平　未来のあなたは、自分が使っていた古い聖書をくれました。その聖書の裏表紙の隅に下手くそな天使のイラストがかいてあります。その天使に吹き出しに「ＬＯＶＥ＆ＰＥＡＣＥ」という文字。

丸山　……。

一平　どうですか。わたしが、未来にあなたと出会い、今ここに来たということを信じてもらえますか。

丸山　……。

一平　丸山さんッ。

丸山　ちょっと待ってくれ。あんたの言うことがホントだとして、加賀というその未来のあんたは、なんで刑務所にいるんだ。

一平　これから起こす犯罪のためです。

丸山　犯罪。

一平　ええ。今、オレは「ＧＫＯ」のメンバーとツルんで爆弾を爆発させると言って企業を脅迫して金を強請《ゆす》ってるんです。

丸山　爆弾。

一平　そうです。まんまと金は手に入れますけど、仲間割れを起こして、オレはそいつらを射殺。しかし、ヤツらを殺したために爆弾の所在が分からず、そのために爆弾が市街地で爆発して多くの人が死にます。
丸山　それがこれから起こるのか。
一平　ええ。
丸山　いつ。
一平　明日、2000年4月2日。
丸山　明日！
一平　そうです。
丸山　どこで。
一平　脅迫している城南グループの本社ビルの近くにある劇場です。
丸山　……。
一平　爆発は催されたオペラに集まった人々でごった返す劇場のロビーで起こります。時間は午後1時34分。

と「ドーン」という爆発音。
そして、まざまな現場音が幻聴のように聞こえてくる。

一平　爆発が起こったとき、オレは近くにいて、その惨状を目撃しました。
丸山　……。
一平　濛々《もうもう》と立ち込める煙り。
丸山　……。
一平　悲鳴と怒号。辺りに散らばった瓦礫《がれき》のなかを血まみれになった人々が蠢《うごめ》いていて。

丸山　……。
一平　降り頻《しき》る雨のなかを何台ものパトカーと救急車が行き交い、まるで戦場のような狂騒。
丸山　……。
一平　頭から血を流した母親が幼い男の子を抱えている。男の子はぐったりとしていて、母親は言葉にならない言葉で叫んでる。「オーッオーッオーッ」
丸山　……。
一平　ふと足元を見ると——。

と、もぎ取られた腕を拾い上げる一平。
それを丸山に放り投げる。

丸山　（受け取って）……。
一平　死者は18人、負傷者は100名を越します。

喧騒が遠のいていく。

丸山　そんな。
一平　これは本当のことなんです。お願いです、オレの言う事を信じてくださいッ。今、オレが頼れるのはあんたしかいないんです。
丸山　……わかった。あんたの言うことを信じよう。
一平　ホントですか。

丸山　ああ。信じることがわたしの仕事だ。
一平　ありがとうございますッ。
丸山　で、どーするつもりだ。
一平　わかりません。けど、ことが起こる前にアイツを殺せば、爆発は防げます。
丸山　ダメだ。第一、そいつを殺したらあんたはどうなる。この世に存在しないってことになるんじゃないのか。
一平　たぶん。
丸山　自殺じゃないか、それはッ。
一平　でも、わたしのために18人もの罪のない人々が死ぬんです。
丸山　とにかく――とにかく考えよう。どういう手段が一番いいかを。
一平　ハイ。
丸山　ひとつ聞かせてくれ。
一平　何ですか。
丸山　30年後のわたしは、どんなだ。
一平　ハイ。
丸山　髪の毛はまだあるか。
一平　いいえ、つるっ禿《ぱ》げです。
丸山　そうか。ハハハハ。くそーッ。

丸山、足早にその場を去る。
それに続く一平。

⑩

翌日、4月2日の日曜日。
曇天。時折雷鳴。
廃屋のような場所。
吉本兄がバッグを持って出てくる。
それを追って加賀。

加賀　ちょっと待てッ。話しはまだ終わってねえ。

と甲斐が続いて出てくる。

吉本兄　（甲斐を見る）
甲斐　（うなずく）

吉本兄、バッグを置く。

甲斐　「この期に及んでおじけづいたんじゃなかろうな」——あんたが夕べ言った台詞だぞ。
加賀　おじけづいちゃいねえ。だが、もう少し待てと言ってんだ。
甲斐　あんたを捜してるもの真似芸人が一人うろうろしてるだけだろう。

加賀　その一人が命取りになる場合もあるんだよ。そいつを取っ捕まえる前に下手に動くとオレたちの身が危ねえんだ。
甲斐　「オレたち」じゃなくて「オレの」じゃないのか。
加賀　……。
甲斐　あいにく今日計画を実行に移さないと逃亡に不都合が生じるんでね。
加賀　……。
甲斐　ヤツらへ金を要求したのはあんただ。その上、逃亡延期までされるのは御免だな。
加賀　……。
甲斐　計画は断固実行に移す。悪いが、これはあんたの問題だ。金をいただいた後、あんたが勝手にそいつを処理してくれ。
加賀　……。
甲斐　（兄に）行け。

吉本兄、バッグを持ってその場を去る。

加賀　忘れんなよ。その野郎がオレたちのことをペラペラしゃべりゃあ、あんたらも道連れになるってことをな。
甲斐　そうならないようにするのがあんたの役目だ。

甲斐、兄とは反対に去る。
加賀、時計を見てから反対に去る。

＊

一平が出てくる。

爆弾の仕掛けられる劇場付近。

と反対から丸山が来る。

一平　どうでしたッ。

丸山　ない。

一平　ないってちゃんと捜したんですかッ。こういう形した××色のバッグです。劇場のロビーにある飲食店の棚に隠されてる。

丸山　捜したさ。しかし、ないものはないッ。

一平　そんなはず――。

と行こうとする一平。

丸山　(止めて)何度見ても同じだ。

一平　しかし！

丸山　まあ聞け。たぶんこういうことだ。あんたは昨日、ヤツらのところへ行った。それは本来の歴史の上ではなかったことだ。その行動で本来あるべき歴史が微妙に変わってしまったというとこはありえるだろう。

一平　そんな。じゃ爆弾がどこに仕掛けられるかわからないってことですか。

丸山　そういうことだ。

一平　くそッ。なんてことだッ。
丸山　だがまだ勝ち目はある。
一平　え？
丸山　危険な賭けだが、これしか方法はない。
一平　どーいう。
丸山　あんたの強みはこれから起こることがわかるってことだ。
一平　？
丸山　のんびりしてる暇はないッ。ついて来てくれ。

とその場を去る丸山と一平。

＊

と別の場所（重役室）に青柳が出て来る。
それに続いて西寺。金の入った大きなバッグを持っている。

青柳　ずいぶん重そうだな。
西寺　なんでなんでわたしがこんな危険なことをッ。
青柳　頑張れ、西寺。お前もココに来てもう4年、立派な中堅だ。いい勉強だ。
西寺　そう言っていつも危ないことはわたしが。
青柳　社のためだ。ここはひとつからだ張ってくれ。ハハハハ。

＊

と加賀が出てきて携帯電話をかける。

青柳の携帯電話が鳴る。

青柳　（出て）もしもし。
加賀　金の用意はできたか。
青柳　できた。
加賀　よし。これから受け渡しの指示をする。指示通りに動け。いいな。
青柳　わかった。
加賀　その携帯電話を金を運ぶ部下に渡せ。西寺ってヤツだ。
青柳　その前にひとつ。
加賀　何だ。
青柳　爆弾の在処《ありか》はどこで教えてもらえる。
加賀　金が届いた時点で、同じ携帯電話で爆弾の所在とその解除方法を伝える。
青柳　嘘じゃないだろうな。
加賀　あんたらが妙なことさえしなければ、こちらは何もしない。言ったろう、オレたちの目的は殺人じゃない。
青柳　部下と代わる。

青柳、西寺に携帯電話を渡す。

西寺　もももしもし。
加賀　ににに西寺か。

西寺　ににに西寺です。
加賀　よく聞け。金を持って会社を出ろ。出たら11時34分発の地下鉄に乗って城西公園まで行け。駅についたら南口から地上へ出ろ。そこでまた連絡を入れる。
西寺　わわわわかりました。
加賀　だが注意しろ。いつでもお前のことを見てるからな。少しでも妙な動きをしたら取引は即中止だからな。頑張れよ。
西寺　……。

＊

加賀、電話を切る。

＊

青柳　こんなことは言いたくないが。
西寺　何ですか。
青柳　それを持って逃げようなどとは思うなよ。ハハ。
西寺　……。
青柳　冗談だッ。そんな顔するなッ。
西寺　ハハハハ。何だこの野郎！　うおーん。わーい今日は遠足だあ。
青柳　よしッ。そうなってこそ企業人として一人前だ。行ってこい！

西寺、去る。
反対に去る青柳。

＊

地下鉄の走行音。
西寺、出てきてそれに乗る。
と、そこに丸山が乗り込んで来る。
乗客を装い、西寺を見る丸山。

西寺　……。

停車する電車。
西寺、バッグを持って去る。
それに続く丸山。

＊

加賀、時計を見ながら電話する。

＊

コール音がして西寺が出てくる。

西寺　（出て）ににに西寺です。
加賀　今どこだ。
西寺　じょじょ城西公園の南出口です。
加賀　よし。そこから公園に入り、正午までに公園の中心にあるモニュメントの前まで来い。そこでまた連絡する。

加賀、電話を切る。

＊

西寺、その場から去る。

それを見送り、反対側に去る丸山。

＊

と吉本弟が出てくる。野球帽にサングラス。

公園のモニュメント付近。

と変装した（簡単な）一平が出てくる。

一平　すいません。ちょっとアンケートに応えてくれませんか。

吉本弟　悪いがそんな暇はねえんだ。あっちに行ってくれ。

一平　そうおっしゃらずに。あなたは今、幸せですか。

吉本弟　うるせえなッ。

と、身を翻した一平が吉本弟をバナナの銃で背後から威嚇する。

一平　動くな！

吉本弟　……。

一平　いいか、死にたくなかったら言う通りにしろ。こっち来い！

バナナ銃で弟を威嚇してその場を去る一平。

＊

と高台の上に双眼鏡を持った甲斐が出てくる。

＊

加賀、時計を見ながら電話する。双眼鏡を持っている。

＊

コール音がして西寺が出てくる。

西寺　（出て）ににに西寺です。
加賀　今どこだ。
西寺　モモモニュメント前です。
加賀　近くを見ろ。一人の男がいるな。
西寺　いいいいません。
加賀　よく見ろ。野球帽にサングラスの男だ。

西寺、捜す。
と丸山が野球帽とサングラスをかけてやって来る。
上着も弟の着ていたものを着ている。

西寺　ああ、いましたッ。野球帽にサングラスの男です。
加賀　そいつにバッグを渡せ。

丸山、西寺に近付く。
加賀、異変に気付く。

加賀　ちょっと待てッ。おいッ――！

と言うが西寺は携帯を耳から離している。

＊

別の場所でその様子を見ている甲斐。

＊

西寺、バッグを丸山に渡す。

丸山　ご苦労さん。あ、これをこれからここに来る男に渡してくれ。加賀って男だ。

とメモを渡して走り去る丸山。

西寺　(電話に) 金は渡したぞッ。もしもしッ。爆弾の在処を教えてくれッ。もしもしッ。
加賀　くそッ。

と加賀は走り去る。

＊

甲斐も舌打ちしてその場から走り去る。

＊

と別の場所にバッグを持った丸山が走り出る。
反対から自転車に乗った一平が来る。

一平　守備は。
丸山　この通り！
一平　よしッ。ハハハハ。
丸山　ハハハハ。

二人、自転車で走り去る。

＊

モニュメント前の西寺。
とそこに走り出てくる加賀。
加賀、辺りを見回す。

西寺　あの。
加賀　何だ。
西寺　加賀さんですか。
加賀　……。
西寺　これを渡せって。今の男が。

受け取ってそれを見る加賀。

一平の声「午後3時に劇場裏の工事現場へ爆弾を持って来い。そこで金と爆弾を交換する。もの真似野郎」

加賀、双眼鏡で遠くを見る。

＊

とそこにバッグを手にした一平が丸山とともにいる。

一平　（手を振る）

一平ら、自転車で去る。

＊

加賀　あの野郎ッ。

西寺　あなたは誰ですか。

加賀　誰でもねえ！　この間抜け野郎が！

と西寺を殴り倒して去る加賀。

とそこに吉本弟が走り出る。

吉本弟　加賀はッ。加賀はどっちだ！
西寺　あっちへ。
吉本弟　くそッ。あの野郎！

と西寺を殴って去る弟。

西寺　もう嫌だ！　こんな思いは二度と御免だ！　辞めてやる。あんな会社なんか！

と去る西寺。

＊

吉本兄、奈々子に案内されて出てくる。
兄は清掃員の格好をしている。
企業の地下駐車場。

奈々子　こっちよ。

と兄の携帯電話が鳴る。

吉本兄　（出て）ハイ。

と別の場所に甲斐が出てくる。

甲斐　甲斐だ。
吉本兄　守備は。
甲斐　お前はどう思う。
吉本兄　ハイ？
甲斐　うまくいったと思うか。
吉本兄　さあ。
甲斐　腰抜かすなよ。取引は失敗だ。もの真似野郎が現れて、金を横取りしやがったッ。
吉本兄　……。
甲斐　加賀とアイツは共犯だ。間違いない。
吉本兄　どうします。
甲斐　決まってるだろう。爆破だ。オレたちの力を見せてやるんだッ。
吉本兄　わかりましたッ。

電話を切って去る甲斐。

＊

吉本兄　へへへへ。
奈々子　どしたの、何かいいことでも。
吉本兄　受け渡しは失敗だ。
奈々子　え？
吉本兄　このコが産声を上げるときが来たってことだよ。行くぞ。ひひひひ。
奈々子　ちょっと待ってッ。まさかそれを本当に爆発させる気じゃあ――。

吉本兄　ホントも糞もあるかッ。重役室へ早く案内しろッ。

とナイフで奈々子を威嚇して行こうとする吉本兄。

とそこに加賀が拳銃を構えて出て来る。

加賀　どこへ行くんだ、清掃係のおにいさん。そっちは立ち入り禁止だぜ。

吉本兄　……。

加賀　それをこっちによこせ。

吉本兄　ひひひひ。思った通りだ。てめえの言うこと真に受けたばかりに。

加賀　聞こえなかったのか！　それをこっちによこせって言ってんだ！

と奈々子を盾にする兄。

吉本兄　撃てるか。下手に手を出しゃあコイツが死ぬぜ。

加賀　……。

吉本兄　どけ。

加賀　……。

吉本兄　そこをどけって言ってんだ！

加賀　……フフフフ。

吉本兄　へへへへ。

と加賀、撃つ！
肩を撃たれてふっ飛ぶ吉本兄。
倒れる奈々子。

吉本兄　ぐぐぐぐッ。
加賀　安心しろ。弟もそのうちあの世へ送ってやる。

加賀、兄の腹を撃つ！

吉本兄　ぐおッ。

爆弾を取ろうとする加賀。
しかし、吉本兄はバッグを離さない。

加賀　この野郎！
吉本兄　けけけけけッ。

と怪鳥のように笑う兄。
加賀、さらに撃って兄の息の根を止める。

加賀　手間取らせやがってッ。

奈々子は憮然とその様を見ている。

加賀「こんなことする人だとは思わなかった」か。

奈々子……。

加賀　だがあいにく「こんなことする人」なんだ、オレは。いろいろ助かったぜ。

奈々子　どこへ――。

バッグを持ってその場を走り去る加賀。

奈々子（苦笑）フフ……ハハハ、ハハハハ。

と笑うが悲しい奈々子。
と、そこへ吉本弟がやって来る。

吉本弟　にいちゃん！

しかし、兄は絶命している。

吉本弟　くそッ。加賀だな、加賀の野郎がやったんだなッ。

奈々子（うなずく）

吉本弟　爆弾はッ。

奈々子　あの人が。
吉本弟　くそーッ。
奈々子　ハハハハ。
吉本弟　何がおかしい！
奈々子　馬鹿よねえ、裏切られるってわかってたのに。
吉本弟　……どこだッ、あの野郎は！
奈々子　さあ。
吉本弟　てめえッ。

と拳銃を構える吉本弟。

奈々子　（臆さず）……。
吉本弟　……。
奈々子　どしたの。撃たないの。
吉本弟　……。
奈々子　いいのよ、撃って。もう生きててもつまんないから。フフ。
吉本弟　……くそッ。

と走り去る吉本弟。

奈々子　……。

とそこに取引から戻った西寺がやって来る。

西寺　山口くん、何してるんだ、こんなとこでッ。

奈々子　ちょっとお別れを。

西寺　だれに。

奈々子　あなたと専務に。

西寺　何？　（吉本兄の死体を見て）こここここれは！

奈々子　爆弾犯人のお兄さんです。

西寺　ひえーッ。

奈々子　片付けた方がいいかもしれませんね。警察が来るとアレがらみのナニをアレしたことが追及されちゃいますから。

西寺　君は——。

奈々子　さよなら。（と行こうとして）あ、専務に伝えてください。「早く死ね」って。

と去る奈々子。

西寺、吉本兄の死体をひいひい言いながら片付ける。

⓫

教会の礼拝堂。——その日の午後2時頃。

外は雨が激しく降っている。
と健治とみゆきが出てくる。

健治　誰もいないのか。おーい。糞神父、いねえのかよ！

と呼ぶが返事なし。

健治　何だよ、明日も練習あるからとか言っといて。
みゆき　うん。
健治　何だよ、元気ねえじゃん。
みゆき　いや、ちょっと気になることあって。
健治　何が。
みゆき　うん、ちょっと……。

とそこに島岡が来る。

島岡　どうも。いやあ、すごい降りですねえ。
健治　ヘッ。
島岡　ハハハハ。夕べはすいませんでした。アレ見られてついカーッとなっちゃいまして。言わなくていいことまで。ホント、ごめんなさい。
健治　言ったろう。下着泥棒といっしょに歌なんか歌いたくないんだよ、オレは。

島岡　そう言わないでくださいよ。それより聞いてください。今日、公園で縛られた人を助けたんですよ。そしたらどうなったと思いますか。いきなのガーン（と殴る真似）ですよ。ひどいと思いませんか。

みゆき　へえ、大変だったわね。

島岡　もー二人ともッ。意地悪なんだからッ。

と血まみれの丸山が幽霊のようにボッと立っている。

雷鳴。

健治　わーッ。何だ何だ、いるんじゃねえか。いるならいるって言えよッ、びっくりするじゃねえか！

島岡　どしたんですか、また頬で拳をガーンですか。

丸山　いや。今日は頬だじゃなくいろんなところでな。

島岡　え？

丸山　ハハハハハ。人生というのは、皮肉にできてるもんだなあと思ってな。

健治　何？

丸山　来てほしいときに来ず、来てほしくないときに来る。

人々　？

と丸山、その場にドオッと倒れる。

みゆき　神父さん！

と丸山に駆け寄るみゆき。
と甲斐が拳銃を構えて出てくる。

健治　なな何だよ、あんた。
甲斐　人を捜しててな。
人々　……。
甲斐　神父さんに聞けばわかると思ったんだが、なかなか口を割ってくれないんでね。
人々　（慄然と）……。
甲斐　知らないかなあ、あんたらのお仲間の辻本一平ってもの真似芸人がどこにいるかを。
健治　辻本って――。

健治と島岡、みゆきを見てしまう。

甲斐　ほう、あんたは知ってるのか。
みゆき　……。
甲斐　もしかして、そいつの女か。フフフフ。
丸山　彼女は何も知らない。
甲斐　それは聞いてみなきゃわかんないだろう。

とみゆきに迫る甲斐。

甲斐　知ってるのか。
みゆき　ししし知らないわ。
甲斐　嘘を言うとタメにならんぞ。
みゆき　知らないわ、ホントに！
丸山　もういいだろう。コイツらはホント関係ないんだ。ただここに集まって歌を歌ってるだけの屑どもだ。あんたらとは生きる違う世界の人間なんだ。
甲斐　（蹴る）
丸山　おうッ。
甲斐　すまんなあ、マリア様の目の前で。
丸山　……。
甲斐　だが、あんたが口を割らないともっとひどいことがマリア様の目の前で起こることになるぞ。

とみゆきの頭に拳銃を突き付ける甲斐。

みゆき　嫌ッ。殺さないでッ。死にたくないーッ。

島岡と健治は犬の遠吠え。

島岡　やややややめろーッ！

健治　そうだそうだッ。やめろーッ！
島岡　かわいそうじゃないかッ！
健治　そうだッ。かわいそうじゃないかーッ！
甲斐　フフフフ。三つ数える。
健治　数えるなーッ。
島岡　数えるなーッ。数えちゃダメだーッ。

甲斐、二人に銃を向ける。

健治　わーッ。かかかか数えてもいいから、せめて五つにしてやれーッ。
島岡　そうだッ。五つにしてやれッ。
みゆき　（泣く）
甲斐　静かにしろ。
二人　（黙る）
甲斐　ひとつ。
人々　……。
甲斐　ふたつ。
人々　……。
甲斐　みー――。
丸山　あーわかったッ。教えるッ、知ってることは教えるからそのコに手を出すなッ。頼むッ。

と土下座する丸山。
甲斐、みゆきを放す。
それを介抱する島岡と健治。
身を寄せ合う屑たち。

甲斐　聞こう。
丸山　一平は今、金を持って加賀に会いに行った。爆弾と交換するためだ。どこかは知らん。だが、うまくいけばここに戻って来る。
甲斐　ホントだろうな。
丸山　ああ。
甲斐　加賀とそいつは共犯《グル》なのか。
丸山　共犯《グル》。
甲斐　ああ。
丸山　ふーむ。
甲斐　何だ。
丸山　共犯《グル》と言えば共犯《グル》。共犯《グル》でないと言えば共犯《グル》でない。答えるのがとても難しい質問だ。
甲斐　（怪訝そうに）……。
丸山　共犯共犯《グルグル》ッ。（と目を回して倒れ）ハハハハ。
甲斐　まあいい。ヤツがここに戻るってことは信じてやろう。だが、もしそれが嘘だとわかったらどうなるか――わかってるな。
人々　……。

と銃口を下ろす甲斐。

甲斐　ひとつ聞かせてくれ。
丸山　(見る)
甲斐　あんたとその辻本一平はどういう関係なんだ。
丸山　……。
甲斐　やけにそいつのことを庇《かば》ってるみたいに見えるが。
丸山　……。
甲斐　そんなにもの真似が好きなのか。
丸山　ああ、大好きだ。
甲斐　……。
丸山　オレの——ともだちだからな。
人々　(その言葉に感動する)
甲斐　フフ。そりゃこちらとしちゃ好都合だ。——立て。

と人々を威嚇して連れて行く甲斐。

⑫

雨の工事現場。

雷鳴が轟く。
と爆弾の入ったバッグを持った加賀がやって来る。
拳銃を片手に辺りを見回す加賀。
降り頻る雨。
と、反対側から一平が出てくる。
手に金の入ったバッグを持っている。
対面する現在の自分と30年後の自分――。

一平　……。
加賀　……。

雷鳴が轟く。
一平、30年前の自分を見つめる。
だが、憎めない。愛しさ。
長い間。

一平　久し振り。
加賀　何者だ。
一平　……。
加賀　テメーはいったい何者だッ。
一平　あんたのことを一番よく知っている男さ。

加賀　……。
一平　あんたは奇跡を信じるか。
加賀　……。
一平　もしも、もしも30年後、この事件を起こしたあんた自身の魂が、後悔ゆえにこの日の自分に会いたいと望み、それが何かの力で実現したとしたら。
加賀　何を――。
一平　信じないよなあ、一番よくそれがわかるのは、オレだ。
加賀　……。
一平　だから、信じなくてもいい。
加賀　……。
一平　言いたいことはただひとつだ。
加賀　……。
一平　馬鹿な真似はやめろ。

と雷鳴が轟く。

加賀　ハハハハ。面白いにいちゃんだぜ。
一平　……。
加賀　どこの病院を抜け出してきたは知らねえが、あんたに付き合ってるヒマはねえ。
一平　そうじゃ――。（と一歩出る）
加賀　おっと。

と銃口を一平に向ける加賀。

加賀　それをこっちによこせ。
一平　……。
加賀　聞こえなかったのか、イカレ野郎。

一平、バッグを放り投げる。
加賀、それを奪う。

加賀　へへへへ。助かったよ、重い荷物をココまで運んでもらって。
一平　見てみろ。
加賀　?
一平　中身は金じゃない。
加賀　何だと。
一平　あんたに金を渡すわけにはいかないんだ。

加賀、バッグからブラジャーを出す。

一平　そうなったあんたの気持ちは誰よりもオレがわかる。しかし、今のあんたはかつてのあんたが望んだあんたじゃないはずだ。
加賀　……。

一平　そして、30年後のあんたもそう思っていない。
加賀　……。
一平　世界を変えることができるのは金や暴力じゃない。
加賀　……。
一平　そして、人を救うのも。
加賀　……。
一平　30年かかってその意味がわかった。
加賀　……。
一平　もうお終いだ。わかっただろう。
加賀　……。

と雷鳴が轟く。
と銃声！
加賀、肩を撃たれる。
そこに出てくる吉本弟。

吉本弟　テメエ、よくもにいちゃんをッ。ぶっ殺してやる！

と加賀、撃つ！
肩を撃たれてふっ飛ぶ吉本弟。
加賀、弟に迫る。

一平　やめろーッ。

と加賀に飛び掛かる一平。
それを振り払う加賀。
と弟が加賀に飛び掛かる。
揉み合う加賀と弟。
そのスキをついて一平、爆弾の入ったバッグを取る。

加賀　！

一平、バッグを持って逃走する。
加賀、弟の腹に弾丸を撃ち込む。

加賀　にいちゃんによろしくな。

吉本弟、倒れて消える。
加賀、金の入ったバッグを拾う。
それを放り投げて捨て、傷の痛みに耐えながらその場を去る加賀。

⑬

教会。
泥まみれで教会に飛び込んで来る一平。
手には爆弾の入ったバッグ。

一平　丸山神父！　丸山神父！　いないんですか！　爆弾は、爆弾は――ハハハハ。

返事はない。

一平　……くそッ。

一平、調子が悪いのか頭を振る。
と健治、みゆき、島岡が出てくる。

島岡　おッ。来たな、もの真似野郎！　ハハハハ。
健治　もの真似野郎！　ハハハハ。
みゆき　ハハハハ――一平ちゃん……。

と泣くみゆき。

一平　？

と甲斐が丸山を連れて出てくる。

甲斐　待ってたぞ、もの真似野郎。

一平　……。

甲斐、丸山を突き飛ばす。
身を寄せ合う丸山と健治たち。

甲斐　何だ、気分でも悪いのか。

一平　……。

甲斐　加賀はどうした。

一平　……。

甲斐　フフフ。仲間割れでも起こしたのか。

一平　……。

甲斐　まあいい。そいつ（爆弾）もこっちに貰おうか。

一平　……。

甲斐　早くしろ！

一平、爆弾の入ったバッグを渡す。

甲斐　金は。

一平　……。
甲斐　加賀に渡したのか。
一平　いや。渡したのは別のもんだ。金はオレが隠した。
甲斐　何？
一平　この人たちに危害を加えないと約束すれば金は渡す。
甲斐　どこだ。
丸山　言うな！　言ったら殺されるぞッ。
甲斐　黙ってろ！
丸山　……。
甲斐　どした、フラフラして。
一平　金は渡す。だから約束してくれ。
甲斐　それはあんたの心掛け次第だ。
一平　（指差す）そのイエス像の下だ。

甲斐、金の入ったバッグを取り出す。
そして中身を確認する。

一平　（座り込んでしまう）
みゆき　どしたの、一平ちゃん。
一平　わからない。けど力が――。
丸山　アイツに何かあったんだ。だからあんたの未来変わって――。

一平　……。

甲斐　（ニヤリとする）さんざん振り回してくれたが、ここでさよならだ。こんなトコで人を殺すのは忍びないが、慈悲深いイエス様のことだ。これから起こる惨劇も静かに見ててくれるだろう。

丸山　いいや、怒るぞ、そんなことしたらッ。

人々　（丸山を宥《なだ》める）

一平　約束がちがうじゃないか。

甲斐　ヒトをさんざん振り回しといてよく言うな。フフ。……死ね。

健治　わーッ。

と健治が甲斐に飛び掛かる。

健治　わーッ。何だッ何だッ。一人きりか！

甲斐、健治の足を撃つ！

健治　おーッ。

と一平が甲斐に飛び掛かる。
とそこに加賀が拳銃片手に飛び込んで来る。
甲斐、一平を振り飛ばし、加賀に銃口を向ける。
加賀、撃つ！

甲斐、撃たれてその場に崩れる。

島岡　ひゃーッ。ひゃーッ。

みゆき　イヤーッ。

甲斐、爆弾のバッグを開け爆弾の起爆スイッチを入れる。
ピーという電子音が聞こえて爆弾が作動する。

甲斐　（にやりとして絶命する）

そこに駆け寄って、爆弾を見る一平。

一平　なんてことだーッ。

丸山　どしたッ。

一平　爆弾の起爆スイッチが作動したッ。

島岡　ばばばば爆弾ッ！

一平　止めてくれッ。

と爆弾のバッグを島岡に渡す。

島岡　わかりましたッ――どうやってーッ。

一平は力がだんだんなくなっている。
加賀は金の入ったバッグを取り上げる
と甲斐の持っていた銃を取り構える丸山。

丸山　やめろ！
加賀　ハハハハハ。こりゃお笑いだ。神父さんが礼拝堂で人殺しか。
丸山　もうやめろ。これ以上、罪を犯してどーする。
加賀　へへへへ。ありがたい説教だが、説教聞く耳を持ってたらこんな真似はしねえんだ。
島岡　どどどーすればッ。
みゆき　あたしに聞かないでよッ。
健治　痛い、足が！　おーッ。
みゆき　見ればわかるわよッ。
加賀　撃ってみろ。
丸山　……。
加賀　撃ってみろって言ってんだッ、この臆病神父が！
丸山　（銃口を下ろす）
加賀　へへへへ。あばよッ。ドーン。

とバッグを持って逃げ去ろうとする加賀。

加賀　（振り返り一平を見る）

一平　（加賀を見る）

加賀、走り去る。

島岡　どうしますかッ。どうするんですかッ、コレ！
丸山　お前らは行けッ。
島岡　え？
丸山　ぐすぐずすんな！　早く健治を連れて行けッ！　島岡《おまえ》は甲斐《こいつ》だッ。
みゆき　でも神父さんはッ。
丸山　すぐに行くからッ。ほら、早く！

健治を連れて逃げるみゆき。
甲斐の死体を引き摺って行く島岡。
丸山、一度奥へ去り電子ピアノを持ってくる。
教会を見回し、イエス像に十字を切る。

丸山　ここを爆破することをお許しください。

一平とともに一目散に逃げる丸山。
舞台に残る爆弾バッグ。
ピーという電子音がして爆発する爆弾の爆音。

＊

と人々が転がり出てくる。
教会の前にある庭付近。

丸山　大丈夫か。
健治　ダメだッ。もう死ぬッ。うおーッ。
丸山　よしッ。なら大丈夫だ。
みゆき　教会が、教会が……。

メラメラと燃え上がる教会。
それを呆然と眺める人々。
身を寄せ会って泣く健治、みゆき、島岡。
人々とは少し離れた場所にいる一平と丸山。

丸山　ここのことはいい。
一平　え？
丸山　アイツを追いたいんだろう。
一平　……。
丸山　殺してほしくはないが、お前がそう思うならもう止めん。
一平　……。

一平、一礼して行こうとする。

丸山　待てッ。

一平　（止まる）

丸山は片手に拳銃、片手にピアノを持っている。
丸山、拳銃を差し出す。
それを受け取る一平。

丸山　ホントはこっち（ピアノ）を渡したいが。

一平　……。

丸山　こいつじゃあいつは止められん。

一平　……。

丸山　ここでお別れだな。

一平　……。

丸山　もしかしたら会えないんだよな、12年後に。

一平　……。

丸山　残念だよ、こうなってなけりゃあ出会えたのに。

一平　……未来には出会えませんでしたけど。

丸山　うん。

一平　昨日、出会いました。

丸山　そうだな。ハハハハ。
一平　……。
丸山　じゃあな、加賀。
一平　……。

と深く頭を下げて走り去る一平。

丸山　（見送り）……。

燃える教会。
それを見上げる丸山。

丸山　ここも危ない。行こう。

と人々を促して去る丸山。

⑭

夜の港。
波音。
一平がフラフラとやって来る。

憔悴が激しい。
一平、蹲《うずくま》ってしまう。
と手負いの加賀が出てくる。
手に４００万ドルが入ったバッグ。

加賀　……。

一平　（それに気付いて）……。

加賀も苦しくて蹲ってしまう。

加賀　ハハ、ハハハ、ハハハハ。

と笑い出す加賀。

一平　……。

加賀　「世界を変えるのは金や暴力じゃない」

一平　……。

加賀　「30年かかってやっとその意味がわかった」

一平　……。

加賀　じゃあ、何が変える？

一平　……。

加賀　何なら世界を救える？
一平　……。
加賀　愛か。ハハハハ。
一平　……。
加賀　あいにく涙もろいじじいの説教を聞くほどオトナじゃないんでね。ハハハハ。
一平　それでいい。
加賀　？
一平　その減らず口を叩いてこそ――オレだ。
加賀　……。
一平　（微笑む）
加賀　……。

波音。
と身を翻して銃を抜く加賀と一平！
二発の銃声が港に響く。
動かない二人。
波音が大きく聞こえて暗転。

⑮

一ヵ月後の5月1日。晴天。

教会前の庭。
金槌の音がトントントントンと聞こえる。
健治が舞台中央で電子ピアノを弾いている。
とそこに汗をかいた島岡が出てくる。

島岡　やっと終わったッ。あーッ。疲れたッ。

と寝そべる島岡。
とみゆきが出てくる。

みゆき　ダメよ、あれじゃ。また雨漏りするよ、絶対。
島岡　仕方ないでしょ。大工じゃないんだから。
みゆき　もーいい加減なんだから。
健治　なあ。
島岡　ハイ。
健治　新しいメンバーってだれ。
島岡　神父さんが事件の事情聴取で知り合った人らしいですよ。
健治　そうなんだ。
島岡　でもあの人が連れて来るヤツだからろくでもないヤツに決まってますよ。
健治　まあな。
みゆき　ろくでもなくてもいいから歌のうまい人だといいわよね。

島岡　ですよねえ。ハハハハ。

ピアノを弾く健治。

健治　どうなの。
みゆき　え？
健治　その後。
みゆき　あたし？
健治　ああ。仕事、辞めたって聞いたぜ。
島岡　そうなんですか。
みゆき　うん。
島岡　「あたしはこの仕事に誇りを持ってるわ！」いつかそう言ってたくせに。ハハ。
みゆき　何か水が合わないみたい。
健治　で、今どーしてるの。
みゆき　別の仕事してるわよ。
健治　どんな。
みゆき　キャバクラ。
二人　……。
みゆき　今度は水が合うみたい。なかなか楽しいわよ。ハハハハ。
島岡　頑張ってくださいッ。ハハハハ。
健治　ハハハハ。

と、そこに丸山が西寺とともにやって来る。
西寺はトレーニングウェア姿。

西寺　どうも、お早うございますッ。いやあ、見事に壊れてますなあ。ハハハハ。
丸山　だろう。ハハハハ。
西寺　直さないで「爆弾爆発記念教会」ってことにして入場料取るってのはどうですか。
丸山　考えとく。
西寺　（人々に気付き）あ、どうもッ。西寺と言います。一生懸命やりますからよろしくお願いします。よろしくお願いします。よろしくお願いしますッ。

と握手し回る西寺。

西寺　ちょっと見てきますね、あっち。商売になるかもしれまへんで、旦那ッ。

とその場を去る西寺。

島岡　誰なんですか。
丸山　屑だよ、わたしが拾ってきた。
島岡　それは一目で。
健治　何者なんだよ。
丸山　まあ、そのうちわかる。

みゆき　何かハリきってますねえ。

健治　嫌がらせってわけじゃないよな。一番好きになれないタイプの野郎だぜ。

丸山　だろう。そういう野郎ともいっしょに歌を歌う。これが大切なことなんだ。ハハハハ。

と西寺が戻って来る。

西寺　ダメでした。ハハハハ。さあ、やりましょうッ。さ、みなさん、何してるんですか。時間がもったいないですよッ。歌の時間ですッ。

健治　自分勝手な野郎だな、ホント。

丸山　自分より自分勝手なヤツがいると勉強になるだろう。

健治　確かに。

西寺　あーあーあーッ。（と発声）

丸山　みんな、聞いてくれ。今日はあの事件があってからちょうど一ヵ月だ。みんなの力で何とかここまで修復できた。どうもありがとう。

島岡　いえいえ。

丸山　先生も学校への復帰が決まり、みゆきちゃんも仕事を変えた。健治の足の傷も直った。そして、新しい屑もこうして張り切っている。

西寺　おーッ。

丸山　どうにかこうにかこうしてまたここで歌を歌えることを神に感謝します。（と祈る）

それを真似る人々。

丸山　今日の歌はわたしたちのために命をかけて闘ってくれたあの男のために捧げよう。
人々　（うなずく）
丸山　じゃまず、新人のテストから。この音を取ってくれ。

丸山、電子ピアノで「ド」「ミ」「ソ」を弾く。
西寺以外はみな取れるようになっている。

丸山　まあいい。じゃあ歌ってみよう。

丸山、電子ピアノを弾く。
それに合わせて歌を歌う健治、みゆき、島岡。
それに加わる西寺。
聖歌を歌う人々。
一平＝加賀へ思いを込めて下手な聖歌を歌う丸山。
朝の光のなかに溶けていく人々。

MIST～ミスト

[登場人物]

○辰夫(宝石泥棒)
○勇次(宝石泥棒)
○国分(それを追う男)
○本田(国分の共犯者)
○田所(頭《かしら》)
○幹子(その妻)
○三郎(座員)
○伸治(座員)
○幸吉(座員)
○かずみ(座員)
○市村(謎の男)
○真知子(勇次の元恋人)
○義男(その恋人)
○野間(遊園地の担当者)
○公雄(刑事)

※本田と田所は同一の俳優が演じる。

❶

若い男（辰夫）がフラリと現れる。
辺りを伺い、合図を送るともう一人の男（勇次）が出てくる。
二人はともに黒っぽい服装。
と、辰夫は金網らしき塀を上り、反対側に飛び下りる。
それに続く勇次。
隠れる二人。
二人は黒い覆面を取り出し、それを被る。
二人、うなずき合って走り去る。
と、国分の声が聞こえる。

国分の声　宝石の名はMIST《ミスト》。〝幻〟と呼ばれる15カラットのピンク・サファイア。時価はざっと10億。狙うブツはこの宝石だ。

辰夫と勇次が辺りを警戒しながら出てくる。
ほふく前進する二人。そして屋上に出る。

国分の声　計画はこうだ。三日後の水曜日。時間は午前2時ジャスト。宝石店の前に停めた車がでかい音とともに爆発する。

とドーンという爆発音。

国分の声　警備員がそっちに気を取られている間。時間にして約8分間の勝負だ。あんたらは店のあるビルの屋上から階下へロープを垂らし、そのロープを使って3階の踊り場へ下りる。

辰夫が持っていたロープを階下に垂らす。
ロープを鉄柵に引っ掛け、強度を確認する辰夫。
辰夫、ロープを使って降り、軽い身のこなしで3階の踊り場に転がり込む。勇次に「来いッ」と無言で合図する辰夫。
勇次も同様にロープを使って降りる。
しかし、辰夫と違って身のこなしは鈍い。

国分の声　踊り場には、ビル内に通じるドア。通常は開いてないドアだ。

ドアを開けようとする辰夫。しかし、開かない。

辰夫　くそーッ。
国分の声　しかし、その日、そのドアは開いている。

押してそのドアを開ける勇次。

国分の声　ビル内に侵入したら廊下を直進。

辰夫が先導し、勇次がそれに続く。

国分の声　まず右に折れ、突き当たったら左、そのまま直進したら今度は右。

辰夫ら、言われた通りに行動するが途中でわからなくなる。

国分の声　いいか、もう一度言うぞ。まず右に折れ、突き当たったら左、そのまま直進したら今度は右。

辰夫ら、その言葉を反芻《はんすう》して行動する。

国分の声　すると、前方左手に明りのついた部屋がある。

二人、明りのついた部屋を発見し、接近する。

国分の声　その部屋についたらドアを二回ノックしろ。

辰夫、ドアを二回ノックする。

国分の声　すると中から一人の男が出てくる。

本田が出てくる。警備員の格好をしていて手には懐中電灯。
びっくりして逃げようとする勇次。

国分の声　しかし、びっくりする必要はない。そいつはオレたちの仲間だ。
本田　（うなずく）
勇次　ハハ。
国分の声　合い言葉は——別にない。この男の誘導で店に侵入しろ。

本田、二人を誘導して一度去る。

国分の声　店には厳重な防犯システムが施されているが、この男の指示に従えば問題はない。

本田に誘導されて、辰夫らが出てくる。
宝石店、店内。

国分の声　店内に入ったら、この男の指示された場所に行け。そこにあるのがお宝だ。

三人、「MIST」と呼ばれる宝石のショーケースを囲む。

国分の声　ショーケースには鍵がかかっている。それを開けるのがあんたの仕事だ。

勇次、ショーケースの鍵を開けようとする。

国分の声　本来ならショーケースが開いた時点で警備室の警報ランプが点滅するシステムだが、この時、警備員室には誰もいない。

勇次、鍵を開けようとしている。
イライラと時計を見ながらそれを待っている本田。

国分の声　何度もダメだと思うかもしれない。しかし、ここで諦めたらすべてはパーだ。その時はこの言葉を思い出せ。「成せば成る」

と、カチリと鍵が開く。
喜ぶ三人。

国分の声　鍵が開いたらケースを開け、なかからお宝を取り出し、ポケットにしまえ。

辰夫、ケースを開け宝石を取り出しポケットにしまう。

国分の声　うまくいったとしてもこの時点ですでに5分は経過している。残りは後3分。急いでその男を殴り倒せ。

本田　……。

国分の声　心配するな。そいつは進んで殴られてくれる。

本田　さあッ、早くしろッ。

辰夫　(躊躇《ちゅうちょ》)

本田　何してるッ。ほらッ。ガンと来い!

辰夫　お前やれ。

勇次　嫌だよ、オレ。だいたいこれはあんたがやるって言ってたじゃない。

辰夫　いいからッ。

と揉める二人。

本田、仕方なく自分で自分を激しく殴る。

懐中電灯を顔にガンガンをぶつけて血まみれになる本田。

本田　おーッ。血だッ。血が出てるーッ。ハハハハ。

辰夫　もういいよ、もうッ。

と、それを止める二人。

国分の声　気絶しかかっているその男を警備員室まで運び——。

本田を運び出す体で去る三人。

国分の声　後は侵入経路と同じ要領で逃走あるのみ。落ち合うのは、翌日木曜日の深夜1時。場所は北側にある採石場だ。

踊り場に走り出る辰夫と勇次。
辰夫、ロープを使って屋上に上る。
勇次もそれに続く。落ちそうになる勇次を辰夫が助ける。
屋上に転がり込む二人。
と警報がけたたましく鳴る。
二人、その場から逃走する。

②

採石場。夜。
辰夫と勇次がやって来る。
辺りを見回る辰夫。

辰夫　……まだみたいだな。

勇次　ああ。

勇次、うれしい気持ちを押さえ切れずに歩き回る。

勇次　ハハハハ。
辰夫　何だよ。
勇次　これでこの稼業から足を洗えるなって思ってさ。
辰夫　だといいけどな。
勇次　金が手に入ったらどうするんだ。
辰夫　さあ、どうするかな。そう言うお前はどうすんだよ。
勇次　コレ（小指）がいるんでそいつンとこに行こうと思って。
辰夫　へえ。お前みてえな馬鹿に惚れてくれる女もいるのかよ。
勇次　まあ、な。フフ。
辰夫　……。
勇次　いっしょに来るか。
辰夫　馬鹿言うな。
勇次　なんで。行くアテねえんだろ。
辰夫　だからってなんでオレがお前の女ンとこに行かなきゃならねえんだよ。
勇次　……。
辰夫　ま、短い付き合いだったけど元気でやってくれ。

辰夫、ポケットから宝石を取り出して弄《もてあそ》ぶ。

辰夫　しかし、こんな石ころに10億も払う馬鹿がいるとはなあ。
勇次　やめろよ、他の石と混じったらどーすんだよ。
辰夫　しッ。

出入り口を見る辰夫。
と、そこに本田（私服）が姿を見せる。
自分で殴った傷で顔が醜く変形し、不気味。

勇次　どうも、夕べは。
本田　……。
勇次　大丈夫ですか、顔。
本田　大丈夫じゃない。
勇次　はあ。
本田　……国分さんは。
勇次　まだ。
本田　……ブツはなくしてねえだろうな。
勇次　もちろん。
本田　（手を出す）
勇次　？
本田　ほら。（と手を差し出す）
勇次　（わけがわからず犬のようにお手をする）

本田　ハハハハ。
勇次　ハハハハ。
本田　犬かお前はッ。ブツだ、ブツをよこせって言ってんだッ。
辰夫　そう簡単には渡せねえな。
本田　何だと。
辰夫　あんたがあの男とどういう関係なのかは知らねえけど、こいつは金と引き換えに渡すって約束だ。
本田　……。
辰夫　あの男が来るまでは渡すわけにはいかねえな。
勇次　そうだそうだッ。そう簡単に渡すわけにはいかねえんだよッ。
本田　……。
国分　ずいぶんひでえ顔になったたな、警備員の旦那。

という声がして国分がやって来る。

本田　……。
国分　うまくゴマかせたか、事情聴取は。
本田　ああ。
国分　ブツは。
本田　（辰夫を見る）
辰夫　金は。

国分　車のトランクだ。
勇次　へへへへ。じゃ行こう。
国分　その前にまずそいつをこっちに貰おうか。
辰夫　……。
国分　何だ。
辰夫　そう簡単には渡せねえな。こいつは金と引き換えに渡すって約束だ。
国分　金は向こうにある。
辰夫　じゃここに持ってきてもらおう。
国分　ハハハハ。疑ってんのか。
辰夫　それがこの世界のルールだろ。
国分　ほう。コソ泥のくせにいっぱしの口きくじゃねえか。

と拳銃を出す国分。

勇次　ハハハハ、冗談やめろよ。
国分　悪いが、冗談じゃねえんだ。
本田　……フフフフ。

と国分の方へ行く本田。

勇次　ななな何だよ、それ、ははは話しが話しが違うじゃねえかッ。

と辰夫の陰に隠れる勇次。

国分　いいや。お前らには言わなかったが、もともとこういう筋書きだったんだ。

本田　悪く思うなよ、ワンちゃん。へへへへ。

勇次　そんな——。

国分　けちなこそ泥の二人組が宝石を盗んだはいいが、仲間割れを起こして殺し合う——よくあるパターンだが、よくあるパターンはそれだけ説得力もある。

勇次　人のこと、人のことさんざん利用しといてそりゃねえんじゃねえか！

国分　忘れたのか、オレの本業は詐欺師だってことを。

本田　ハハハハ。甘かったなワンちゃん。世の中には二種類の人間しかいねえんだ。ダマすヤツとダマされるヤツだ。ハハハハ。

国分　ハハハハ。

と、突然、国分は本田を撃つ！
びっくりする辰夫と勇次。

本田　……てててめえッ。

国分　よくわかってるじゃねえか。世の中には二種類の人間しかいねえんだ。

本田　……くッ。

本田、すごい形相で息絶えて消える。

辰夫　（動く）
国分　（辰夫たちに銃を向けて）動くなッ。
二人　……。
国分　運が悪かったな、オレみたいな男と関わったのが。
辰夫　勇次。
勇次　何だよ。
辰夫　まだ生きたいか。
勇次　生きたいよ。
国分　宝石をこっちによこせ。
辰夫　……。
国分　聞こえなかったのか。宝石をこっちによこせって言ってんだッ。
辰夫　（勇次に）口開けろ。
勇次　え？
辰夫　いいから口を開けろ！
勇次　（口を開ける）
国分　何を――。

辰夫、宝石を勇次の口の中へ入れる。

国分　！
辰夫　よくあるパターンはその気になれば覆《くつがえ》せるんだ。

国分　……。

勇次を盾にして国分と対峙する辰夫。

辰夫　動くな！　動くと飲むぞ！
国分　……。
辰夫　飲み込んだらこいつの腹を裂かないと宝石は出てこないぞッ。
勇次　むうーむうーむうーッ。

と怖がる勇次。

辰夫　落ち着けッ。いいか、こいつが妙な真似したら飲み込じまえッ。いいなッ。
勇次　へへへへも。
辰夫　ガタガタ言うな。まだ死にたくはねえだろうッ。
勇次　（うなずく）
辰夫　銃を捨てろーッ！　捨てないと飲むぞオーッ！
勇次　（宝石を口に含んだまま）むめまいとむももーッ！
辰夫　腹を裂いたらぐちゃぐちゃぬるぬる血の海だぞーッ。
勇次　ひほふひはほほーッ。……うおーん！

と泣き崩れるのをしっかりと支える辰夫。

国分　わかったッ。落ち着け。銃は捨てる。捨てるから飲むな。

と銃を地面に置く国分。

辰夫　銃取れ、銃！

勇次、銃を取り、辰夫に渡す。
辰夫、国分に銃を向ける。

辰夫　動くな！
国分　……。
勇次　むははははははッ。ふほーッふほーッ。（と喜ぶ）
国分　……フフフフ。
辰夫　何がおかしい！
国分　使い慣れねえもんを持つもんじゃねえよな。
辰夫　何？
国分　安全装置がかかったままだぞ。
辰夫　！

と、ひるむ辰夫のスキをついて国分が飛び掛かる。
揉み合う辰夫と国分。

勇次　むおーッ。

と、勇次が国分の背後から飛び掛かる。
国分、それを振り払い、勇次を背後からはがいじめにする。

国分　（首を締めて）吐け。吐かねえとーッ！
勇次　むむむむッ。

と辰夫が発砲！
勇次、びっくりしてゴクリと宝石を飲み込む。

国分　て、てめえ！

と勇次が国分を振り払う。
辰夫が再び発砲する。
しかし、国分は反応しない。
辰夫、「？」となってもう一発、撃つ！

国分　……ぐわッ。

と咄嗟に肩を押さえる国分。

辰夫　逃げろーッ！

辰夫と勇次、一目散にその場から逃げる。

国分　……くそッ。

起き上がり、それを追う国分。

＊

二人、転がり出る。

行こうとする勇次。

辰夫、それを引き戻して隠れる。

と、そこに国分が来て辺りを探索するが発見できず、その場から走り去る。

辰夫と勇次、そろそろと出てくる。

勇次　（見送って）ななななんて野郎だ。ああああの野郎、最初からオレたちをッ。

辰夫　出せ。

勇次　へ？

辰夫　へじゃねえよ。早く出せ！

勇次　何を。

辰夫　飲み込んだ宝石だよ。決まってんだろう！

勇次　どうやって出すんだよ、飲んじまったのを。
辰夫　ゲロ吐け、ゲロ。そうすりゃそれといっしょに出てくるだろッ。
勇次　そんな簡単に言うなよ。
辰夫　いいから早くやれ！
勇次　……。

勇次、指を口に入れてゲロを吐こうとする。

辰夫　もっとぐッとやれぐッと！　何ならオレが突っ込んでやろうか。
勇次　いいよッ。自分でやるから。

ゲロを吐こうとする勇次。
それを見守る辰夫。

勇次　ダメだ！（と泣く）
辰夫　何泣いてんだよッ。
勇次　泣きたくもなるよッ。やっと金が手に入ると思ったら殺されそうになった上にこのザマだッ。
辰夫　……くそッ。
勇次　どうしよう。
辰夫　どうするも何も逃げるねしかねえだろう。
勇次　逃げるってどこへ。

辰夫　わかんねえよ、そんなことッ。
勇次　……警察に行ったら。
辰夫　てめえが何者かわかってんのか。けちなこそ泥の言うこと信じてくれる優しいおまわりさんがいるわけねえだろうがッ。
勇次　……。
辰夫　とにかくここはヤバい。行くぞ。
勇次　（うなずく）

と、国分とは反対の方へ去る辰夫と勇次。

＊

国分が出てくる。
携帯電話を取り出し、コールする。

国分　国分だ。ちょっと問題が起きてな。途中まではうまくいったんだが、あの馬鹿、宝石を飲み込みやがった。飲んだんだよ、宝石をッ。……ああ、だいたい行き先は予想はできる。これからそっちへ顔出すから、詳しいことはそこで。じゃあ後で。

と電話を切って去る国分。

③

列車が発車する音。
朝。駅の待ち合い場所。
辰夫と勇次がやって来る。

勇次　何がオレに任せとけだよ。
辰夫　うるせえな。忍び込むトコに必ず金があるとは限らねえんだよ。
勇次　どうすんだよ。金がなきゃ列車に乗れねえじゃねえか。
辰夫　これからここでパクりゃ文句はねえだろう。
勇次　……。

と、幸吉が出てくる。
誰かを捜している体。
辰夫ら人目を避けるように背を向ける。
と反対側からかずみが来る。

幸吉　いた?
かずみ　(首を横に振る)
幸吉　場所間違えてんじゃないの。

かずみ　そんなことないよ。ちゃんとファックスも送ったんだから。
幸吉　時間もちゃんとわかってる？
かずみ　うん。6時12分発の「あさかぜ8号」だってちゃんと。
幸吉　顔わかんないんだよね。
かずみ　うん。事務所の紹介だから。
幸吉　来ないと切符が無駄になっちゃうぜ。
かずみ　あたし、もう一度あっち見てくる。

かずみ、去る。
幸吉、辺りを見回す。
勇次、辰夫の脇腹をつつく。

辰夫　何だよ。
勇次　（幸吉に注目しろと目で言う）
辰夫　？

勇次、幸吉の前に出て行く。

勇次　あの。
幸吉　何ですか。
勇次　今小耳に挟んだんですけど。

幸吉　ハイ。
勇次　切符が無駄になるとか何とか。
幸吉　ええ。あなたは――。
勇次　ええ、その、あれです。ハハ。
幸吉　バイトくん？
勇次　……どうもすいません。遅れて。
幸吉　どこにいたの。もう列車出る時間だよ。
勇次　すいません。ちょっと気分が悪くなっちゃって、向こうで休んでて。
幸吉　何だ、そうなの。もー心配したよ。（奥へ）かずみちゃん！　いたいた！（と向き直り）来ないんじゃないかって。あ、こちら（辰夫）もいっしょ――。
勇次　ハイ、いっしょです。
幸吉　大丈夫ですか。
勇次　ええ。おなかにちょっと異物感が残ってるけど、一応。

と、そこにかずみが戻って来る。

幸吉　ほらいたいた。何か気分が悪くなって休んでたんだって。
かずみ　そうなの。あ、かずみです。よろしく。
勇次　どうも勇次です。こっちは辰夫。
幸吉　じゃ行きましょう。ほら時間ないから。席はここ。（と切符を渡し）向こうに着いたら詳しい説明はしますから。

勇次　あの。
幸吉　何？
勇次　（指さして）あの列車ですよね、乗るの。6時12分発の。
幸吉　そうだよ。聞いてないの。
勇次　いえ、聞いてます。
幸吉　さ、早く早くッ。

かずみと幸吉、去る。

辰夫　おい。
勇次　いいから。
辰夫　しかしだよ。
勇次　あの列車に乗れば安全なトコに行けるんだよ。
辰夫　安全なトコって――。
勇次　言ったろう、女がいるって。

かずみ、戻ってきて、

かずみ　何してるんですか、早くしないと列車出ちゃいますよッ。
勇次　すいません。
辰夫　あの。

かずみ　ハイ。
辰夫　ちゃんと聞いてなかったんだけど。
かずみ　何ですか。
辰夫　オレたちのするバイトって――どういうアレなのかなって思って。
かずみ　え？
勇次　いや、初めての仕事なんでちょっと心配で。
かずみ　大丈夫です。今度はそんな危険なことはしませんから。
辰夫　危険なこと――。
かずみ　ほら、ああいうのは危険なヤツはとことん危険じゃないですか。死人も出たことあるし。
辰夫　……そうだよねえ。ハハハハハ。
勇次　（合わせて）ハハハハハ。
かずみ　でも、心配しなくても大丈夫ですよ。素人さんにそんなにむずかしいこと頭《かしら》も要求しませんから。
勇次　頭と言うと。
かずみ　あ、責任者って言うのかな。あたしたちの事務所の社長です。他のメンバーは一本前の列車でもう。
勇次　そう。
かずみ　向こうに着いたらメンバー紹介しますから。大変だけど頑張ってくださいね。ほら、早く早くッ。

かずみ、去る。

辰夫　どんな仕事なんだよ、いったい。
勇次　さあな。あれ、もしかしてビビってる？
辰夫　別に。
勇次　関係ねえじゃん。向こうに着いたらすぐにトンズラしちまえばいいんだし。
辰夫　……。
勇次　何だよ。
辰夫　向こうに着いてもすぐには女ンとこへ行かない方がいい。
勇次　どして。
辰夫　考えてもみろ。あの国分ってヤツは抜け目のねえ野郎だ。お前の女のことくらいすぐに調べ出すぜ、きっと。
勇次　じゃあどうすんだよ。
辰夫　このまましばらくはバイトくんで暮らそう。
勇次　……。
辰夫　何だ、嫌か、バイトくんは。
勇次　別に嫌ってわけじゃねえけど。
辰夫　そもそも逃亡資金がねえんだ。バイトくんならたぶん飯代に困ることはねえ。
勇次　どんなバイトかわかってからの方がいいんじゃねえか。
辰夫　どんなバイトにせよ、バイトはバイトだ。銃で撃たれて殺されるよりはましだ。
勇次　まあ。
辰夫　どんな仕事かそれとなく聞いてくる。心構えが必要だからな。
勇次　……。

辰夫　どっちにせよ大事なからだだ。無理するなよ。

と勇次の腹を撫でてから、その場を去る辰夫。

勇次　……。

妊婦が赤ちゃんを愛しむようにおなかをさすってからそれを追う勇次。

④

不気味な音楽。

遊園地の野外にある特設舞台の上。その日の昼。

トレーニング・ウェア姿の市村が出てくる。

市村は観客に話しかける。

市村　フフフフ。我々の組織に盾突くつもりかッ。いいだろう。しかし、その罰としてこの環境破壊獣ダイオキシンジャー様の力でこの群馬《ぐんま》の美しい緑を台無しにしてくれるわ。手始めにあの美しい浅間山《あさまやま》をわたしの吐き出す環境破壊ゲロゲロで汚濁にまみれさせてくれる。見てろ！

とゲロを吐こうとする市村。

伸治の声　待てぃ！
市村　だだ誰だッ。
　と伸治（衣装は着ていない）が登場する。
伸治　地球の環境を守るため、遠い星からやって来たエコロマン・レッド！
　と三郎（衣装は着ていない）が登場する。
三郎　同じくエコロマン・ブルー！
市村　むむッ。
伸治　二人の力を合わせれば、パワー倍増！　さあ、どっからでもかかってこいッ。環境破壊獣ダイオキシンジャー！
　と、対峙する伸治、三郎と市村。
市村　ハハハハ。待っていたぞエコーロマン。今こそこの環境破壊の帝王ダイオキシンジャー様の力を思い知らせてやるッ。行くぞッ、エコーロマン！
　と伸治たちに襲いかかる市村。
　しかし、芝居が歌舞伎調で動きも鈍い。

市村　トアッ、テヤッ、オイサッ。

伸治たち、ボカボカに市村をやっつける。

市村　……ぐおーッ。これで死んだと、思うなよーオ。首が飛んでも動いてみせらァ。

と見栄を切って死ぬ市村。
白けてそれを見ている伸治と三郎。
と、そこに頭《かしら》の田所が幹子とともに来る。
田所は冒頭で殺された本田という警備員によく似ている。

田所　いやあ、最高だよ、オジサン。頑張ってるのすごーく伝わってきた。
市村　ありがとうございますッ。
田所　ちょーっとプンプン臭うけど、何か「お芝居ーッ」て感じだね。
市村　頭にそう言ってもらえると、芝居生活15年の甲斐があるってもんです。ハハハハハ。
田所　ハハハハハ。
幹子　ハハハハハ。
田所　ただひとつ。
市村　ハイ。
田所　エコーロマンじゃなくてエコロマン。短くね。
市村　すいません。ハハハハハ。

田所　……ちょっと休憩にしよう。もうすぐ例のヤツらが到着する頃だ。
市村　ハイッ。じゃちょっとあっちで休ませてもらいますッ。いやあ、動いた動いたッ。ハハハハ。

と、その場から去る市村。

人々　……。
田所　何が言いたいかはよくわかる。しかし、仕方ねえだろう。ジュンの馬鹿がトンズラこいちまった今。
伸治　だとしても。
幹子　ダイオがいないままじゃショーはできないでしょ。
伸治　幸吉にやらせちゃダメなんですか。
田所　馬鹿ッ。幸吉がダイオやったら〝絡《から》み〟がいなくなっちまうだろうが。

そこにかずみがやって来る。

かずみ　お疲れ様でーす。
田所　おう。着いたか。
かずみ　ハイ。
田所　幸吉も来てるな。
かずみ　ハイ、あっちに。すぐ来ます、バイトくんといっしょに。
田所　どんな感じだ。

かずみ　さあ、どうかなあ。

人々、意味ありげな視線を交わす。

かずみ　それより、知らない人がダイオの衣裳いじってましたよ、あっちで。いいんですか。
田所　ああ――。
市村　だから違うんだってッ。痛いな、引っ張るなよッ。

という声がして市村が幸吉に引っ張られて出てくる。
続いて勇次と辰夫。

幹子　何してるの。
幸吉　いや、このおっさんが勝手にうちの衣裳いじって煙草なんか吸ってるから。
市村　だから勝手になんかいじってないよ。
幸吉　ふざけるなッ。オモチャじゃないんだぞッ。
幹子　（止めて）あーいいのよ、出演者なんだから。
幸吉　え？
幹子　市村さん。地元のアマチュア劇団のヒト。
市村　てあッ。（と幸吉の手を払う）
かずみ　どういうことですか。
幸吉　ジュンさんは。

田所　トンズラだよ。
かずみ　トンズラ？
幹子　そうなの。駅にも来ないし、連絡も取れなくて。ホント迷惑かけるわよ。
かずみ　嘘ッ。
幸吉　だから——。
三郎　そう。で、そちらのアマチュア劇団のおじさんにお頼みすることになったってわけ。
市村　市村です。よろしくッ。ハハハハ。

幸吉とかずみ、田所を見る。

田所　大丈夫。前に一度仕事したことあるヤツだから。
幹子　（辰夫たちに）ご苦労様ァ。バイトくんよね。
勇次　え——ええ、そうです。
幹子　ごめんね、ヘンなとこ見せて。マネージャーの田所です。
勇次　どうも。ハハ。
かずみ　えーとこっちが勇次さん。こっちが辰夫さん。
市村　市村孫三郎でございます。
三郎　聞いてねえだろう、あんたにはッ。
市村　そうでしたッ。ハハハハ。
幹子　かずみちゃんと幸吉くんはもうわかってるわよね。
勇次　列車のなかでいろいろ。

幹子　こっちが三郎くんで、こっちが伸ちゃん。二人がヒーローのエコロマン。三郎くんは後輩いびり好きだから気を付けてね。
伸治　よろしく。
三郎　気を付けてね。（と笑顔で言う）
幹子　で、これが頭《かしら》の田所。一応あたしの亭主。時々無茶言うから気を付けて。
田所　ま、よろしく頼むわ。
辰夫たち　！
田所　何だ。誰かに似てるか。
辰夫　え、ええ。知り合いに、ちょっと。
幹子　ろくなヤツじゃないでしょ。
辰夫　ええ。
人々　ハハハハ。
幹子　ま、よくある顔なのよ、このテの顔は。
勇次　はあ。
幹子　（勇次たちに）じゃギャラのことは後で宿に戻ってからね。ちょっと遊園地の担当の人と打ち合わせしてくるから。あ、お弁当は控え室にあるから。

と、その場を去る幹子。

田所　経験あんの。
辰夫　は？

田所　こういうショーの。
辰夫　全然。
田所　まあいいや。何かできる？
辰夫　と言うと。
田所　特技みたいなもんだよ。
辰夫　どうでしょう。
勇次　コイツは仕事の関係で高いトコから飛び下りたりするのは慣れてます。
田所　そうなのか。
辰夫　ええ、まあ。
田所　ほうそりゃ有望だ。こっちのにいちゃんは何かできるの。
勇次　僕はそういうのは。いつも後から着いていく方なんで。鍵開けるのはうまいんですけど。
田所　鍵？
勇次　え、ああ、ですから、その、鍵屋だったんで。
田所　マジック・ショーじゃねえからな、これは。ハハハハ。
人々　ハハハハ。
勇次　はあ。
田所　まあいいや。着いて来て。あっちでショーの段取り説明するから。（人々に）お前らもいっしょだ。ちんたらすんなッ。
市村　さ、みなさん、行きましょう。

と去る田所と市村。

三郎　頼みますよ、バイトくん。このショーの成功は君らの肩にかかってるんだから。……あーあ。

と大袈裟に溜め息をついて去る三郎。
それに続く幸吉とかずみ。

伸治　大丈夫。慣れればそんなに難しくないから。行こう。
辰夫　すぐ行きます。
伸治　期待してるぜッ。

とガッツ・ポーズを作ってから去る伸治。

勇次　何とか言えよ。
辰夫　言葉がねえんだ。
勇次　ハハ。
辰夫　何がハハだよ。
勇次　いや、何かヘンなトコに紛れ込んじゃったなって思ってさ。
辰夫　……チッ。
勇次　何だよ。しばらくここにいて様子を見ようって言ったのはお前だぞ。
辰夫　わかってるよ。だから言葉がねえんだ。
勇次　しかし、あの親父（田所）にはびっくりしたなあ。
辰夫　聞いてなかったが。

勇次　何だよ。
辰夫　お前の女ってどんな女だ。
勇次　どんなって背がすらりと高くて可愛いコだよ。
辰夫　そういう意味じゃねえよ。何やってるヤツなんだ。
勇次　さあ、しばらく会ってないから。
辰夫　大丈夫なのかよ、ホントに。
勇次　大丈夫だよ。
辰夫　……。
勇次　心配すんなよ。あいつなら助けてくれるよ。さ、行こうッ。ボヤボヤしてると馘首《くび》ンなるぜ。
辰夫　……。
勇次　特技が生かせるいい仕事じゃない。
辰夫　（キッと勇次を見る）
勇次　さ、仕事仕事ッ。

とその場を去る勇次。
辰夫、溜め息をついてそれを追う。

5

真知子の部屋の近くの公園。
と一人の女（真知子）が出てくる。

真知子　何してるの、早くこっちッ。

と茶色の髪の若い男がやって来る。
真知子の新しい恋人の義男。顔に絆創膏を貼っている。

真知子　どういうこと。
義男　聞いたろ、店のオヤジに。
真知子　詳しく話して。
義男　だから殴ったんだよ、あの野郎を。
真知子　そんなことは聞いてないのッ。なんでそんなことになったのかをちゃんと説明してって言ってるのッ。
義男　むかついたんだよ、こっちが下手に出りゃいい気になりやがって。
真知子　……。
義男　だいたい性に合わねえんだよ、あんなくだらねえ仕事。
真知子　なんでそうなの。
義男　……。
真知子　あのお店で働き出してまだ一ヵ月も経ってないじゃない。どうして辛抱できないの。
義男　……。
真知子　そうやってすぐに仕事辞めちゃうのあたしがいるからでしょ。あたしに頼れば、何とかなるって思ってるからでしょ。
義男　そんなことねえよ。

真知子　じゃこれ払えるの。（と紙を差し出す）
義男　（受け取らず）……。
真知子　壊したお店のガラス代、お店の割れたお皿、茶碗代。みんなあたしが払ってるんじゃないのッ。
義男　返せばいいんだろう、返せばッ。
真知子　そういう問題じゃないでしょッ。
義男　……。
真知子　どーするのよ、いったい。こんな大金。
義男　何とかするよ。
真知子　何とかできないでしょッ。何かするとその後始末みーんなあたしがやってるんじゃない。あたしはあなたの後始末するために生きてるわけじゃないのよ。
義男　わかってるよ。
真知子　いいえ、全然わかってないわッ。もー馬鹿馬鹿馬鹿ッ。

と義男に殴り掛かる真知子。
そこに国分が声をかける。

国分　あの、お取り込み中すいません。ちょっといいでしょうか。
真知子　ハイ。
国分　田辺真知子さんですか。
真知子　そうですけど。

国分　あーよかったッ。お宅へお邪魔したら留守だったので。いやあ、やっと見付けました。
真知子　？
国分　申し遅れました。わたし、こういうものです。（と警察手帳を出す）
真知子　警察……。
国分　こちらは。
真知子　ええ――。
義男　彼氏です。
国分　そうですか。
真知子　あたしに何を。
国分　ハイ。話せば長くなるんですが、実はとある少女の失踪事件を捜査していまして、その容疑者に関してお聞きしたいことがありまして。
真知子　どーいうことですか。
国分　沢木勇次さん、ご存じですよね。
真知子　ええ。
国分　彼に関する質問を少し。
真知子　あの人が何か。
国分　お時間、少しいただけますか。
真知子　はあ。
義男　アイツ何かやったんですか。
国分　いえいえ。ただ、事件に関係している可能性がありまして。
義男　……。

国分　じゃ、ここじゃナンですから。行きましょう。
真知子　ハイ。
義男　オレもいっしょに行っていいですか。
国分　構いませんよ。むしろ、いっしょに来て話しを聞かせていただけるとありがたい。
義男　ハイッ。ハハハハ。何でも聞いてくださいッ。
国分　(義男に) 喧嘩ですか。
義男　ええ、ちょっと。ハハハハ。
国分　ハハハハ。

と義男に促されてその場を去る真知子。
それに続く国分。

6

と華やかな衣裳のかずみがマイク片手に出てくる。
特設舞台の上。同じ日の午後。

かずみ　ハーイ、会場に集まってくれたよい子のみなさーん今日はーッ。……あれ、元気がないぞーッ。今日はーッ。
子供たちの声　今日はーッ。
かずみ　ハイ、ここ群馬県××遊園地にようこそッ。これからみんなのヒーロー、エコロマンが登場しますから、今の元気を忘れずに応援してくださいねえ。会場に集まってくれたみんなの元気な声援がエコロマンをパワーアップさせるんだからねえッ。始まる前におねえさんからお願いがありまーす。おねえさんのいるこのステージには絶対に上がらないでくださいねえ。とても危ないんですッ。いいですかーッ。

子供たちの声　ハーイ。

かずみ　ハイ、ありがとう。その元気な声でエコロマンをいっぱいいっぱい応援してくださいねえ。……というわけで、さっそくエコロマンを呼びたいと……あれ、こんなところにゴミが捨ててあるわ。もーいけないわねえ。いったい誰が捨てたのかしら。

と、不気味な笑い声が聞こえて来る。

市村の声　フフフフフ。誰が捨てたか教えてほしいか。

かずみ　だだだだ誰ッ。

と戦闘員の格好をした幸吉が出てくる。
続いて同じく戦闘員の格好をした辰夫と勇次。

辰夫　（照れて）……。

勇次　（逆にノッて過剰な演技）

かずみ　キャーッ。ななな何ですか、あなたたちはッ。

市村の声　くしゃくしゃポイくしゃくしゃくしゃポイくしゃくしゃくしゃポイ！　全部まとめてポポイのポーイ！

とゴミを捨てまくる幸吉。
それを真似て過剰にゴミを捨てる勇次。
辰夫はやる気なくゴミを捨てる。

かずみ　なななな何をしてるのッ。
市村の声　見てわからんのかーッ。ゴミを捨てているのだーッ。ハハハハ。

幸吉ら、それに合わせて笑う。

かずみ　そんなことしちゃ汚れるじゃないの！
市村の声　ハハハハ。その通り。この地球を汚すためにわたしは生まれたのだーッ。
かずみ　もももももしかして、あああなたはッ――。
市村の声　その通り。ゴミのなから生まれた環境破壊獣――。

と奇妙な出で立ちの市村（怪獣の着ぐるみ）が登場する。

市村　ダイオキシンジャー！

とポーズを決める市村。
それに合わせてポーズを決める幸吉。
あわててそれを真似する辰夫と勇次。

市村　（かずみに迫り）これからこの群馬の美しい緑を思う存分汚しまくってくれる。ハハハハ。
幸吉　ハハハハ。
辰夫　ハハハハ。
勇次　ハハハハ。
市村　何してるッ。そいつを捕まえるのだッ。

辰夫たち、それに従う。
戦闘員たちに捕まえられるかずみ。

かずみ　何するの、やめて、放してッ。
市村　あらがえあらがえッ。あらがう女《おなご》は大好きじゃーッ。ハハハハ。
二人の声　待ていッ！

と、派手な赤と青の衣裳に身を包んだ伸治と三郎（ともに仮面《マスク》をつけている）が出てくる。
ポーズを決める二人。

市村　むむッ。小癪な！　やれ！

と言って去る市村。
戦闘員と伸治、三郎の戦い。
幸吉は一人で奮闘するが、辰夫と勇次はてんで下手くそ。

伸治・三郎　エコロ・パーンチ！
幸吉（二人にやられ）ぐおーッ。

と断末魔の叫びとともに去る。
呆然と舞台に立っている辰夫と勇次。
伸治は勇次に、三郎は辰夫に挑みかかる。
伸治にやられる勇次。
三郎のパンチが顔に当たり、倒れる辰夫。

辰夫　この野郎！

倒れてムッとして三郎に挑みかかる辰夫。
本気で三郎と戦ってしまう辰夫。
それに加勢して辰夫を助ける勇次。
やられてしまう三郎。
勇次、ガッツ・ポーズして観客にアピールする。
三郎を介抱する伸治。
幸吉が飛び出して来て、二人を舞台袖に引っ張り込む。
何とか威厳を保とうと立上がり、ポーズを決める三郎。

伸治　やるな、戦闘員ッ。ハハハハ。

三郎　うむッ。しかし、次は負けないぞッ。
伸治　負けないぞ！
かずみ　……。

と痛がりながら走り去る三郎。
それを追う伸治。
呆然とそれを見ているかずみ。

かずみ　……ハハハハ。おかしいですね。今日のエコロマンはちょっと調子が悪いみたいですねえ。じゃあ、えーと（と奥を見て）どうしましょうかねえ。えーと繋ぐ？　繋ぐ——繋ぐと言えば、連結車ですよね。よい子のみなさんは連結車は好きですかあ。おねえさんは別に好きじゃないでーす。ハハハハ。

と舞台の袖から争う声が聞こえる。

三郎の声　てめえ、ふざけんじゃねえぞッ。
辰夫の声　何だよッ。
伸治の声　やめろ馬鹿ッ。
三郎の声　テメー何かオレに恨みでもあんのかよッ。
幸吉の声　落ち着いて落ち着いてくださいッ。

舞台のかずみは必死のフォローを。

かずみ　あれれれれ。なんでしょう。喧嘩が始まってるみたいですねえ。

しかし、舞台袖の喧嘩はエスカレート。

伸治の声　やめろってッ。本番中だぞッ。
市村の声　喧嘩はやめましょう、こんなとこでッ。あ痛ッ。
勇次の声　何してるんだよ。ほら、やめろ、馬鹿ッ。
三郎の声　うるせえッ。
勇次の声　何すんだよッ。
三郎の声　何だこの野郎ッ。

と勇次と三郎が揉みあいながら舞台に出てくる。

かずみ　あれれれ。エコロマンと戦闘員の戦いが始まったみたいですねえ。

それを追って幸吉。

幸吉　やめてくださいよッ、こんなとトコでッ。

と辰夫が出てくる。それを追って伸治。

伸治　いいから止めろよ、もうッ。
辰夫　（三郎に）いいか。先に手を出したのはあんただからなッ。
三郎　何だテメー。
伸治　ほら、馬鹿ッ。（と辰夫に手をかける）
辰夫　放せよ放せってッ。

市村は「やめましょうッやめましょうッ」とうろうろするばかり。

かずみ　頑張れッ頑張れッ頑張ーれッ！（と泣く）

てんやわんやの混乱のまま暗くなる

7

明りが入ると、舞台衣裳のままの一座の面々（三郎、伸治、幸吉、かずみ）と勇次、辰夫が思い思いの場所にしょんぼりと座っている。
傷を押さえたりしている三郎と辰夫。そのなかで市村は一人明るい。
遊園地の控え室。

市村　いやあ、そんな落ち込むことないですよ。たかが遊園地のショーじゃないですか。ハハハハ。
三郎　わかってるよ、そんなことたァ。
市村　すいましぇーん。ハハハハ。
人々　……。
三郎　これだから素人とは仕事したくねえんだよ。

と、そこに遊園地の担当者の野間が田所と幹子とともに入ってくる。

幸吉　あ、どうもお疲れ様です。
かずみ　お疲れ様です。
幹子　担当の野間さん。ほら、ちゃんとお詫びしてッ。
伸治　いろいろご迷惑を。
幸吉　すいませんでしたッ。
かずみ　すいませんでしたッ。
三郎　どうも。
幹子　ほら、あんたたちも。
勇次　どうも。
辰夫　……。
幹子　ちゃんとお詫びしなさいッ。
野間　まあ、お説教はあっちでこちら（田所）にたーっぷりとしましたから。
人々　……。

野間　頼みますよ、こっちも商売なんですから。楽しいショーを見せてナンボの世界なんですからね。
人々　……。
野間　ま、聞けば、あなたたちはこのショーのためだけのアルバイトということなんで、なるほどなとも思いましたが。
辰夫　……。
勇次　……。
野間　しかし、あなたたちも一応、お金を貰ってやってるわけですから。
辰夫　……。
勇次　……。
野間　別にナメてるわけじゃないですよね、田舎《いなか》だと思って。
伸治　そんなこと——。
幹子　明日からはこんなことはないようにしますので。
野間　当たり前ですよ。悪魔の軍団が勝って喜ぶお客さんがいるわけないでしょう。
幹子　まったく。ハハ。
野間　ま、別にそんなにすごいショーを見せろって言ってるわけじゃないんですから。当たり前のことを当たり前にやってくれればそれでいいんです。
田所　（苦笑）
幹子　ホントいろいろと。（と頭を下げる）
野間　頼みますよ。

と言ってその場を去る野間。

人々　……。
辰夫　馘首《くび》ですか。
田所　……。
辰夫　それならそれで。迷惑かけたのは事実なんですから。
田所　……。
辰夫　いろいろどうも。

と行こうとする辰夫。

勇次　おい――。
田所　（止めて）まあ、そう急ぐなよ。
辰夫　けど。
田所　誰も馘首《くび》だとは言ってねえだろうが。
辰夫　……。
田所　これから意外なことを言うかもしれんが、びっくりせずに聞いてくれ。
勇次　ハイ？
田所　あいつは何にもわかってない。
勇次　誰ですか。
田所　今の野間とかいう男だよ。
辰夫　どういう――。
田所　みんなもわかってることだと思うからきちんと言おう。お前らには才能がある。だから辞めないでくれ。この通りだッ。

と土下座する田所。

勇次　そそそんな、止めてくださいッ。
田所　いや、今日の乱闘を見てピピーンと来たんだ。これは10年に一人の才能だと。
辰夫　そんな。
田所　自分たちにはわからないと思う。しかし、オレにはわかる。
二人　（まんざらでもない）
田所　三郎！
三郎　ハイ。
田所　謝れッ。みんなお前が悪い。
三郎　そんな。だいたい手を出したのはコイツじゃないですかッ。
田所　馬鹿もん！　才能の前には常識は通用しねえんだ！
幹子　そうよ。こんな才能のある二人に逆らうなんてどーいう神経してるの、いったい。
伸治　謝れ、ちゃんと！
田所　謝れ、ちゃんと！
伸治　ホラ！
勇次　ちょちょっと待ってくださいッ。
田所　なんだ。
勇次　それはいくら何でも。こっちにも落ち度はあったと思うし。なあ。

辰夫　ああ。
田所　そう思ってくれるか。
辰夫　ええ。
田所　謙虚だ。三郎も見習え！
幹子　見習いなさい、この謙虚さをッ。
三郎　……。
かずみ　謝っちゃいましょうよ、三郎さん。
幸吉　そうそう。意地張らずに。
伸治　ホラ！
三郎　……すいませんでした。
勇次　いや、そんな。逆にこちらこそ。
辰夫　こちらこそ。
田所　握手しよう、握手をッ。
幹子　ほら。

三郎と辰夫、伸治と勇次、それぞれ握手する。

伸治　これからもよろしく頼むよ。
勇次　はあ。
田所　よしッ。散々な初日だったが、後2回だ。明日から頑張ればいいや。なあ。
かずみ　（うなずく）

幸吉　（うなずく）
市村　そうだッ。明日から頑張りましょう。今日のことはなかったことにして。ハハハハ。
田所　よしッ。じゃあ、初日の大乱闘を記念してパーッと飲みに繰り出そう——と言いたいとこだけ
　どな、あんまり景気はよくないんで（と幹子を見て）宿に戻って宴会だ。
幹子　早く着替えて。バスで移動するから。バスの時間は20分後だからね。
市村　ほら、みなさん。20分しかないですよ。
幹子　市村さんも早くね。それ一番着替えるの時間かかるんだから。
市村　ハイッ。さあ、パーッ飲むぞーッ。
幹子　そんなに飲まなくてもいいのよ。
市村　しかし、いいもんですねえ。やっぱりこの仕事は。ハハハハ。

と田所と幹子と市村、去る。

幸吉　（辰夫たちに）さ、オレたちも着替えちまおうぜ。

辰夫、三郎のところへ行く。

辰夫　あの、何か逆に悪かったかななんて。ハハ。
三郎　ホントだよ。
辰夫　……。
三郎　こんな恥かいたの小学校ンとき授業中にオシッコ漏らした時以来だぜ。ハハハハ。

辰夫　ハハハハ。
三郎　ただ、明日は頼むから本気で殴りかかってこないでくれよ。
辰夫　ハイ。
伸治　よしッ。じゃ行こうッ。
幸吉　そんなことあったんですか。
三郎　そんなことって何だよ。
幸吉　授業中に。
三郎　言い出せなかったんだよ。

と、しゃべりながらその場を去る三郎たち。

かずみ　おなか大丈夫ですか。
勇次　え？
かずみ　何か便秘だって聞いたから。
勇次　え、ああ。大丈夫です。
かずみ　あれ、結構利きますから。

と去るかずみ。
舞台に残る勇次と辰夫。
辰夫、薬を出し、勇次に渡す。

勇次　何だよ、これ。
辰夫　ちょっと分けてもらったんだよ、あの泣き虫のねえちゃんに。それ飲んで出せ、早く。
勇次　（三郎を真似て）「これだか素人とは仕事したくねえんだよ」ヘッ。えらそーに。こっちはな好きでこんなことやってんじゃねえんだよォーッ。ハハハハ。
辰夫　なあ。
勇次　うん。
辰夫　何かオレたち、とても愛されてねえか。
勇次　誰に。
辰夫　決まってんだろう。
勇次　才能があるんだよ。そう言ってたじゃない、頭が。
辰夫　……。
勇次　いいじゃん。憎まれるより。
辰夫　（納得できないが）まあな。ハハハハ。
勇次　ハハハハ。
辰夫　行こう。

辰夫、人々の後を追う。
勇次、錠剤を飲んでからそれに続く。

8

「ささどうぞ、狭いトコですけど、遠慮なさらずに」という声がして真知子が出てくる。

と国分と義男が出てくる。

真知子の部屋。

国分　どうも、それじゃお邪魔します。

真知子　どうぞ、ここに。（と座布団を出し）ごゆっくり。

と言って、一度去る真知子。

義男　ビールでも飲みますか。

国分　いや、そんなお構いなく。

義男　もーそんな遠慮しないでくださいッ。真知子、ビールねビールビールビールッ。

と台所に入る義男。

真知子の声　ないよ、ビールなんか。

義男の声　何だよ、何浮かない顔してんだよ。

真知子の声　別に。

義男の声　あ、もしかしてあの男に未練があるんじゃねえだろうな。

真知子の声　まさか。誰があんなアホ男。

義男の声　じゃあなんでそんな顔してんだよ。

真知子の声　お金のことが心配なの、さっき言った。
義男の声　やめろよ、こんなトコで。ッたく。

国分、さりげなくそれを聞く。
台所から出てくる義男。

義男　あ、こっちは台所です。
国分　はあ。
義男　そっちは寝室。で、ここはトイレとバスルーム。ここは玄関。わたしは年下の恋人の義男。ハハハハ。
国分　お二人で――。（暮らしてるんですか）
義男　そう。と言ってもオレが転がり込んでるだけだけど。

と真知子が盆に茶を乗せて出てくる。

真知子　すいません、ろくなもんなくて。どうぞ。

と茶を出す真知子。

国分　どうも、いただきます。
義男　（飲もうとして）おッ、茶柱が立ってるぜ。こいつは春から縁起がいいや！　ハハハハ。

真知子　少し静かにしなさいよ。
義男　ハーイ。
国分　（飲む）
真知子　刑事さん。
国分　ハイ。
真知子　ありがとうございます。
国分　いいんですよ。言ったでしょう、これは協力していただくあなたへの気持ちなんですから。
真知子　でも、お役に立てる保証は何もないわけだし。
国分　わたしは警官です。悪質な雇主の無茶な賠償請求を見逃すわけにはいきません。いるんですよ、弱い立場の人間にふっかけてくるタチの悪い輩《やから》が。
義男　オレ、横で見てて拍手したくなったもんなあ。ハハハハ。
真知子　ホント、すいません。
義男　すいませんッ。
国分　お金を払ったわけじゃないですから。ハハ。

と茶を飲む国分。

真知子　刑事さん、さっき中途半端なトコで終わっちゃいましたけど。
国分　ハイ？
真知子　勇次――さんの。
国分　ああ――。

真知子　つまり、あの人がその女の子を誘拐したということですか。
国分　いやいや断言はとても。
真知子　でも、その女の子が勇次といっしょにいなくなったってことはそういうことでしょう。
義男　ハハハハ。なんでそういう風にしか発想できないのかねえ。
真知子　何よ。
義男　他にも可能性はあるでしょう。言ってもいいですか、自分の推理を。
真知子　何言ってんのよ。
国分　いいえ、聞かせてください。参考になるかもしれませんし。
義男　コホン。もちろん、誘拐というセンは考えられます。一山当てると強がって田舎を捨て都会に出たものの、そう世間は甘くない。強いられる貧乏生活。そんな勇次が資産家の一人娘を誘拐し、大金をせしめようと目論んだ。あり得る話です。が、しかし、バット犯人は身代金の要求をしていない。ということは金が目的ではないということになる。となれば、残る可能性は何か。
国分　ええ。
義男　失踪した少女は15です。
国分　そう。
義男　15と言えばもう立派な女です。その社長の家で運転手と資産家の一人娘として出会った勇次と桃子に起こり得るもの。それは何か。……恋です。
国分　つまり。
義男　そう、二人は駆け落ちしたということです。
国分　ふーむ。そのセンは想像しませんでしたなあ。（と大袈裟に感心してみせる）
義男　そうですか。

国分　いや、しかし、それはあり得ますなあ。
義男　ハハハハ。
真知子　そんな。
国分　もちろん。真相はわかりません。しかし、そういう可能性も全然ないとは言い切れませんから。
義男　ですよねえ。
真知子　……。
国分　ま、(元恋人の)あなたにこんなことを言うのは、アレなんですが。
真知子　でも、だったら、余計にあたしのトコなんかに現れるとはとても――。
国分　かもしれません。
真知子　……。
国分　しかし、どっちにせよ、今、手掛かりはあなただけなんです。
真知子　はあ。

＊

と別空間に辰夫が出てくる。
トイレの勇次を待っている体。

＊

義男　オレも及ばずながら力になりますよ。何でも言ってください、できることがあれば。
国分　ありがとう。
義男　礼なんかやめてください。世話になったんです。このくらいのこと当然ですよ。

＊

勇次の声　ううーん。

＊

国分　じゃあ、ひとつお願いが。
義男　何ですか。
国分　真相はわからないとは言え、わたしがこうして二人の行方を捜していることを知られると逃げられてしまう可能性もあります。
義男　わかります。
国分　だから、もし彼から連絡があっても、わたしがここに来たことはどうか内密に。
義男　ハイ。そういうことであれば。なあ。
国分　いいですか。
義男　真知子。
真知子　ええ。
国分　ありがとうございます。

＊

勇次の声　おおーッ。
辰夫　どうだ。……おいッ。出たか、おいッ。
勇次の声　せかすなよッ。それじゃ出るもんも出ないだろ。

＊

国分　どうもご馳走様でした。改めてまた。
義男　送っていきますよ、そこまで。
国分　勝手をいろいろ言いまして。しかし、一人の少女の生命に関わることです。ご理解ください。
真知子　……。

国分　では。
義男　拳銃、持ってるんですか。
国分　刑事ですから。
義男　ほえーッ。（と狂喜する）

と、その場を去る国分と義男。

＊

勇次がトイレから出てくる。

辰夫　どうだった？
勇次　（首を横に振る）
辰夫　……ッたく。

＊

真知子　（考えて）……。

＊

勇次　おおーッ。

と催したのか、トイレへ消える体で去る。

＊

真知子、盆を片付ける体でその場を去る。

⑨

舞台の奥から宴会の最中の人々の笑い声が聞こえる。
アクション一座の面々が宿泊している寺の縁側付近。
前景の辰夫が勇次を待っている。
雨。その日の夜。
と、そこに幹子が来る。

幹子　乱闘の主役がいなくちゃダメじゃない。
辰夫　いや、その、トイレ待ちで。
幹子　ずいぶん長いトイレねえ。
辰夫　便秘らしくて。ハハ。
幹子　仲がいいのねえ。
辰夫　別にそういうわけじゃ――。
幹子　ちょっといい？
辰夫　え？
幹子　話しても。
辰夫　え、ええ。

幹子、縁側に座る。

幹子　（雨を見上げて）よく降るわねえ。
辰夫　……。
幹子　ねえ。
辰夫　はあ。
幹子　フフフフ。あんまりしゃべらないのね。
辰夫　いや。
幹子　……。
辰夫　いつもこんなトコなんですか。
幹子　何が。
辰夫　泊まるトコ。
幹子　そういうわけじゃないけど、不景気じゃない。
辰夫　はあ。
幹子　でも、お寺ってのは初めてね。
辰夫　……。
幹子　嘘ついてるでしょ。
辰夫　え？
幹子　連絡があったの、アルバイトの子から。本題はそれ。
辰夫　……。
幹子　フフフ。何よ、なんか訳ありってコト？
辰夫　いや、その、何て言うか。

幹子　別に人を殺して逃げてるってわけじゃないんでしょ。
辰夫　……。
幹子　まあ、言いたくなかったらいいわ。あなたたち来るはずだったバイトくんよりずっといいし、
　仕事さえキチンとやってくれたら文句はないの。
辰夫　……。
幹子　でも、言いたくなったら話していいのよ。
辰夫　……。
幹子　この雨じゃ明日のショーは中止ね。
辰夫　……長いんですか——この仕事。
幹子　かれこれ10年かな。
辰夫　ふーん。
幹子　好き？
辰夫　ハイ？
幹子　こういうショーの仕事。
辰夫　どうかな。
幹子　ショーってね、お客さんをダマす仕事なの。
辰夫　はあ。
幹子　ダマせた時の快感が忘れられなくて。
辰夫　ハイ。
幹子　あたしたち、こんな仕事やってるんだと思う。
辰夫　はあ。

幹子　あの人の口癖教えてあげましょうか。
辰夫　ハイ。
幹子　「世の中には二種類の人間しかいねえんだ。ダマすヤツとダマされるヤツだ」
辰夫　（思い当たって）……。
幹子　何？
辰夫　いや、そう言ってた人、知ってるから。
幹子　そう。
辰夫　でも同じダマすならこういう方がいいですよね。ハハ。
幹子　……ずいぶん長いトイレね。大丈夫なの。
辰夫　え、ああ。大丈夫ですよ。長いんです、いつも。
幹子　そう。早く済ませてこっちに来なさいよ。ダメよ、人間はコミニュケーションしなきゃ。

と言ってその場を去る幹子。
トイレから勇次の笑い声が聞こえる。

勇次の声　ハハ、ハハ、ハハハハハ。
辰夫　？

トイレから出て来る勇次。

勇次　出た出た出た出たッ。ハハハハ。

と宝石を差し出す。

辰夫　洗ったか、ちゃんと。

勇次　ああ。

辰夫、受け取って宝石を見る。

勇次　いやあ、よかったッ。このまま一生出なかったらどーしようと思ったけど。いやあ、ホントよかった！　ハハハハ。

と、そこにぐてんぐてんに酔っ払った田所が来る。

田所　こらーッ。何ふたりでこそこそ話してるーッ！

それを追って幸吉とかずみが来る。

田所　主役がいないでどーするんだ！

田所をはらはらして支える幸吉とかずみ。
辰夫は宝石をサッと隠す。

勇次　もう終わりましたッ。すべて完了！　いやあ、どうもご心配をかけました。
人々　……。
勇次　何ですか。
幸吉　出た——んだ。
勇次　ハイ、すーっきりと。
かずみ　……よかったですねえ。ハハハハ。
幸吉　ハハハハ。
勇次　ありがとうございます。これもかずみさんがくれた薬のおかげです。ハハハハ。
田所　何だ、バイアグラか。
かずみ　違いますよ。便秘薬をあげたんです、便秘だったから。ねえ。
勇次　ええ。
田所　そうか。（奥へ）みんな聞けーッ！　勇次の便秘が直ったぞーッ。
勇次　そんな大袈裟な。

人々、どんどん出て来る。
それを追って幹子。

市村　出たんだッ。
勇次　ええ、ご心配をおかけしまして。
市村　いやあ、それはよかった！
伸治　よかったなッ。

三郎　おめでとう！

と握手攻めに合う勇次。

勇次　いや、そんな……ハハハハ。
幹子　ほらあっちで飲みましょう。あんまりうるさくすると住職から苦情来ますから。ほら、連れてってみんな。
幸吉　ハイ、みんな行きましょう！
かずみ　行きましょう。

人々「いやあ、よかった」と言いながら宴会場所に戻る。
市村だけはトイレへ去る。

勇次　愛されてるよ、うん。
辰夫　だよなッ。絶対愛されてるよな、オレたち。
勇次　ああ。
辰夫　なぜだ。
勇次　でも、なんかうれしいよ、オレ。ハハハハ。
辰夫　ハハハハ。
幹子　(戻って来て) 早く来なさい、主役なんだから。
勇次　ハイッ。すぐに。ほら行こう。

と勇次と辰夫は去る。
とトイレから市村が出て来る。

市村　……。

市村、意味ありげな視線で二人を見送ってから去る。

⑩

翌日の午前中。
と勇次が出てきて電話をかける。（町の公衆電話）
別空間に真知子が出てきて電話に出る。
真知子の部屋。

真知子　ハイ。
勇次　もしもし、真知子か。オレだよ、勇次。
真知子　……。
勇次　もしもし。
真知子　聞こえてるわ。どこにいるの。
勇次　聞くとびっくりするぜ。へへ。

真知子　来てるの、こっちに？
勇次　ああ。へへへへ。実は大金が手に入りそうでよ。これでいっしょに暮らせるぜ。
真知子　……。
勇次　何だよ、うれしくねえのかよ。
真知子　別の女作って半年もほっといて何言ってんの。
勇次　馬鹿ッ。あんなの遊びに決まってるじゃねえか。好きなのはお前だけだよ。
真知子　……ふざけないで。
勇次　ふざけてなんかねえよ。オレはお前のためにあのオバサンたちと嫌々付き合ってたんだから。

と義男が目を輝かせてやって来る。

真知子　何したの、いったい。
勇次　何だよ、何したのって。
真知子　だって大金が手に入るとか何とか。
勇次　まあ、それは会ってからゆっくりな。で、ちょっとお願いがあるんだけどよ。
真知子　何よ。
勇次　金は手に入りそうなんだが、ちょっと事情があって差し当たって暮らす金がねえんだよ。ちょっと都合してくんねえかな。もちろん、勝手だってことはわかってるよ。けど、助けると思って頼むよ。詳しいことは会ってから話すから。

義男、「引き伸ばせ」とかいろいろとうるさい。

真知子　……。
勇次　聞いてるか、真知子。
真知子　今一人？
勇次　一人だよ。
真知子　女の子といっしょじゃないの。
勇次　馬鹿言うな。誤解すんなよ。
真知子　……。
勇次　とにかくこれからそっちに顔出すから、頼むわ。
真知子　ちょっと待って。ここには来ないで。
義男　（無言で）なんてことをーッ！
勇次　なんで。
真知子　……。
勇次　何だよ。オレ以外の男ができたとでも言うんじゃねえだろうな。
真知子　……。
勇次　もしかして、そっちに、そっちにオレを捜してるって男が行ったのか。
真知子　……。
勇次　そうなんだな。
真知子　いったいどういうことなの、これは。
勇次　いいか、そいつの言うことは信じるな。そいつはとんでもねえ野郎だッ。

真知子　勇次――。
勇次　いいから絶対オレのことをそいつにしゃべるなッ。いいなッ。
真知子　……。
勇次　くそッ。
真知子　説明してッ。何が起こってるのか、ちゃんと。
勇次　……。
真知子　勇次ッ。
勇次　いいか、とにかく事情は会ったら話すから。金持って来てくれ。今からちょうど1時間後、場所は××遊園地のそばの廃屋だ。わかるな。
真知子　いい加減にして。そんな都合のいいこと、聞けるわけないでしょッ。
勇次　とにかくッ――とにかく頼む。今オレが頼れるのはお前しかいねえんだよ。

と電話を切ってその場を去る勇次。

真知子　もしもしもしもしッ。

電話を切る真知子。

義男　なんでおびき寄せないんだよッ。刑事さんに約束したろう、協力するって！
真知子　……。
義男　なんだって。

真知子　金がいるから用意してくれって。
義男　なんて虫のいい野郎だよ。真知子、あんなヤツに義理立てすることねえよ。好きだとか何とか調子のいいこと言ってお前ダマされてるだけだよ。オレも同じ部類の人間だからよくわかるんだよ。行き当たりばったりでおいしいことだけに飛び付くろくでもねえ野郎だよ、そいつは。
真知子　……ちょっと行ってくる。
義男　おい。行くってまさかあいつの言うこと聞くんじゃねえだろうな。
真知子　いい、刑事さんにはまだ黙ってて。
義男　おい。
真知子　事情がわかったら話すから。今はあたしの言うこと聞いて。いいわね。
義男　……。

真知子、部屋を出ていく。

義男　なんて馬鹿なんだよ、もーッ。

と、それを追う義男。

＊

と張り込み中の国分が電話しながら出てくる。

国分　どういうことだ、そりゃ。……ああ。ああ、わかった。後はこっちに任せろ。何とか探りを入れてみる。女が来た、また後で連絡する。

と真知子が来る。国分、身を隠す。

義男　（出てきて）真知子。
真知子　お願いッ。

と義男を振り払い、足早に去る真知子。

義男　……。

と国分が義男のところへ行く。

国分　どうかしましたか。
義男　あーッ。（と驚くが）いや、その、何て言うか。
国分　連絡があった。
義男　ハイ。
国分　でも、彼女はわたしには黙ってろと言った。
義男　その通りです。
国分　ありがと。

と、真知子を追う国分。

義男　おおーッ。言うつもりじゃなかったのに言っちゃったよ、ポロッと。許してくれーッ、真知子ッ。

とそれを追う義男。

⑪

同じ日の同時刻。
田所とかずみが出てくる。
続いて伸治と三郎、幸吉と辰夫、そして市村。
寺の一角。

田所　静かにやれって言われてもなあ。
かずみ　読経あげてるそばじゃねえ。
伸治　ここなら大丈夫ですよ。
田所　じゃやってみろ、もう一度。
人々　ハーイ。

と配置につく。

田所　ハイ、エコロマンが出た。

市村　「むむむ、小癪なッ。やれ！」
田所　と親父が言う。戦闘員が掛かる掛かる掛かる——一手、二手あって。
三郎・伸治　エコロ・パーンチ！

とやられる幸吉。

幸吉　ぐわーッ。
辰夫　あの。
田所　何だ。
辰夫　ちょっとテを変えてもいいですか。
田所　何？
辰夫　いや、いいんです。ダメならダメで。
田所　いいよ。やってみろ。

辰夫と三郎、打ち合わせをする。
アクションのなかでバック転をする辰夫。
拍手する人々。

田所　よし、じゃそこまで本息でやってみよう。いいか。
人々　（うなずく）
田所　「むむむッ、小癪な！　やれ！」

と本息で立回りをする人々。
辰夫、昨日とは打って変わって躍動する。
とその最中に勇次がやって来る。
そして、生き生きとアクションしている辰夫を見る。

幸吉　ぐわーッ。
辰夫　うおーッ。

とやられる辰夫と幸吉。

伸治　いいじゃん、いいじゃん。
田所　すばらしい！

人々、辰夫に拍手する。
照れる辰夫。

勇次　（それを見て）……。
三郎　どこ行ってたんだよ。練習するって言っといたろうが。
伸治　（空手チョップ）
三郎　あ痛ッ。
勇次　すいません。ちょっと。ハハハハ。

幸吉　辰夫《こっち》はだいぶいいセンいってるから、うかうかしてられないぜ、オレたちも。
勇次　はあ。
三郎　できねえヤツに限って練習しねえんだよなあ。

伸治、三郎に跳び蹴りする。
びっくりする辰夫。

田所　えーとじゃ、こっちのにいちゃんも入れてもう一度やるか。
辰夫　やろうぜ、ほら。
勇次　……。
辰夫　何だよ。
勇次　いや。
辰夫　？
勇次　すいません。オレちょっと用事があるんで。少しぬけさせてください。
かずみ　どこ行くんですか。
勇次　ちょっと。
田所　いいよいいよ。筋は抜群にいいんだから、練習なんかしたくなきゃしなくて。しかし、ちゃんと帰ってきてね、ここに。
勇次　ホント、すいませんッ。

と走り去る勇次。

辰夫　おい——。
市村　すいません、わたし、ちょっとトイレへ。

と去る市村。

田所　辰夫。
辰夫　ハイ。
田所　これ終わったらどーするんだ。
辰夫　と言うと。
田所　何か仕事があるのか。
辰夫　いえ別に。
田所　そうか。
辰夫　それが何か。
田所　うん。よかったらうちに来ないか。
辰夫　え？
田所　ちょっと育ててみたいと思ってな、お前を。
辰夫　……。
田所　ま、すぐに答えを出せとは言わん。だが考えといてくれ。
辰夫　はあ。
田所　ちょっと自主練しとけ。かずみ、薬あるか。
かずみ　バイアグラはありません。

田所　馬鹿ッ。頭痛薬だよ。
かずみ　ああ、ハイ。

とその場を去る田所とかずみ。

辰夫　参ったな。ハハ。
伸治　よかったじゃん。滅多にあんなこと言わないのに。
幸吉　ええ。
辰夫　はあ。

と手合わせする伸治と幸吉。

辰夫　あの。
伸治　何？
辰夫　昨日からとても気になってるんですけど。
伸治　うん。
辰夫　何かこうオレとあいつにとても気を使ってもらってませんか。
伸治　そんなことないよ。
辰夫　……。
伸治　何よ、そんな風に見える？
辰夫　ええ。気のせいなのかもしれないんですけど。

伸治　自然なことだよ。実際、できるんだから。ねえ。
幸吉　そう。
伸治　それに頭もできる人にはあんまり言わないから。
辰夫　でも。
伸治　でも何？
辰夫　さっき、三郎さんがあいつに何か言ったら跳び蹴りしてましたよね。
伸治　失礼だからだよ。それ以外に理由はないよ。オレ、失礼なヤツは許せない質《たち》なんだ。
辰夫　はあ。
幸吉　ちょっと休憩しましょうか、あっちで。
伸治　そだな。じゃちょっと休憩しよう。

と去る伸治と幸吉。
それを追う三郎。
一人舞台に残る辰夫。

辰夫　（考えて）……フフフフ。

辰夫、去る。

＊

と別空間に真知子が出てくる。
駅の改札を通る真知子。

それを追ってきた国分、手帳を架空の駅員に見せる。

国分　犯罪捜査中です。

と改札を通過する国分。

義男　同じく犯罪捜査中です。（と改札を通過し）グレートだぜッ。

と喜び、国分に続く義男。

⑫

遊園地のそばの廃屋。
真知子が時計を見ながら勇次を待っている。
と勇次が来る。

勇次　よッ。
真知子　よッじゃないわよ。
勇次　尾行《つ》けられてないな。
真知子　たぶん。
勇次　金は持ってきてくれたか。

真知子　（うなずく）
勇次　よし、行こう。

と手を取って行こうとする勇次。

真知子　行こうってどこに。
勇次　安全な場所だよ。今、オレらが匿《かくま》ってもらってる。
真知子　え？
勇次　いいから来いって。
真知子　ちょっと待って。どういうことなのか説明してからにして。桃子ちゃんって女の子といっしょじゃないの。
勇次　何だよ、それ。
真知子　だって刑事があなたといっしょに社長さんの娘が失踪したって――。
勇次　刑事？
真知子　ええ。
勇次　（考えて）……あいつだ。大嘘だよッ、そんなこと。ダマされたんだよッ。
真知子　じゃあなんで刑事があなたを追ってるの。
勇次　だからいろいろややこしいことになってんだよ。
真知子　何よ、それ。
勇次　いいから。話しは後でゆっくりするから。

と行こうとする二人。

と国分が拳銃を手に出てくる。

続いて義男。

真知子　義男——。

義男　仕方ねえだろう。犯罪捜査に協力するのは国民の義務なんだから。

国分　ご協力に感謝します。あなたを信用しなかったわたしが正解でした。フフ。

真知子　……。

義男　どうしますか。応援を呼ばなくて大丈夫ですか。

国分　結構。ちょっと二人で話したいので、外《はず》してもらえますか。

義男　わかりましたッ。ほら、真知子。

真知子　でも。

義男　いいから。後は刑事さんに任せろよ。ほらッ。じゃ頑張ってくださいッ。

国分　ありがとう。

義男　礼なんかやめてください。ハハハハ。

と真知子を引っ張って行く義男。

二人きりになる国分と勇次。

国分　何が聞きたいかはわかるよな。

勇次　……。

国分　これが何の傷かわかるか。

と左手の人差し指を見せる国分。

国分　ちょっと切っちまってな。知ってるか、手術用のメスの切れ味を。
勇次　（慄然と）……。
国分　あンときは面倒だと思ったが、こういうことになりゃあ面倒だとも言ってられねえんでな。フフフ。

と手術用のメスを出す国分。

勇次　ももももう腹の中にはないよッ。
国分　そうか。じゃ手間は省けたわけだな。
勇次　……。
国分　どこだ。
勇次　……。
国分　答えろ。宝石《ブツ》はどこだッ。
勇次　ここにはないよッ。

国分、勇次に迫る。

勇次　ああああ相棒が持ってんだよッ。オレは持ってねえよッ。
国分　フフフフ。でまかせ言うつもりか。

国分、迫る。

勇次　でまかせじゃねえッ。ホントだ、ホントにオレは持ってねえんだッ。
国分　いいだろう。チャンスを一回だけやる。それに応じなかったら地獄行きだと思え。
勇次　……。
国分　相棒に伝えろ。明日の正午、ここにブツを持ってこい。もし、妙な真似をしてみろ。あの女を
　このメスでバラバラに切り刻むからそのつもりでいろ。わかったな、ワンちゃん。
勇次　(うなずく)
国分　行け。

国分、拳銃を二発、撃つ。

勇次　ひゃーッ。

と走り去る勇次。

国分　(見送り)……。

と、国分、突然、殴られた体でうずくまる。
音を聞いてそこに真知子と義男が駆け付ける。

義男　大丈夫ですかッ。
国分　ああ。すまないが、ひとつ頼みがある。
義男　ハイ。
国分　不覚にも逃げられた。まだ遠くには行ってない。追ってくれ。
義男　わかりましたッ。
国分　だが、決して手出しはするな。場所がわかったらをたしに連絡を。いいな。
義男　わかりましたッ。
真知子　ちょっとッ。

と止めるが、義男はもう走り出している。

真知子　……。

と、国分、にやりとして立ち上がる。

真知子　いったいどういうことですか。
国分　……。
真知子　なんで義男なんかに――。

国分　ここにいられると邪魔なもんでね。
真知子　あなた、ホントに刑事なんですか。
国分　いえ。
真知子　じゃあ――。
国分　ひとつ相談が。たぶんあなたのタメになる話だと。
真知子　どういう――。
国分　場所変えましょう。

国分とともに去る真知子。

⑬

宿泊している寺の縁側付近。
雨上がりの夕刻。
辰夫が勇次を引っ張ってくる。

辰夫　馬鹿野郎！

と突然、勇次を張り飛ばす辰夫。
倒れる勇次。

辰夫　あれほど女ンとこには行くなって言ったのにッ。
勇次　仕方ねえだろう。一文なしじゃ逃げようにも身動きとれねえんだから。
辰夫　なんでオレに相談しねえで勝手にそんなことッ。
勇次　相談しようと思ったよ。思ったけど——。
辰夫　思ったけど何だよ。
勇次　お前、今日、朝からみんなとべったりくっついてて、話す時間なかったから。
辰夫　女子中学生か、お前はッ。呼べばいいだろうがッ。
勇次　悪いとは思ってるよ。けど、宝石《あれ》がねえと真知子が殺されるんだよ。
辰夫　くそッ。

と、そこに幹子と田所が来る。

幹子　ずいぶん物騒な話しね。
二人　……。
幹子　どーいうことなの。
二人　……。
幹子　あたしたちの知らないトコで何が起こってるの、いったい。
二人　……。
田所　何やったんだ、お前ら。
勇次　別に。
田所　別にってことはねえだろう。殺す殺されるって話しといて。

勇次　……。
田所　話してみろ。短い付き合いだが、お前たちとは生きてる時間が違うんだ。力になれることだってあるぞ。
勇次　……。
辰夫　実は――。
勇次　おい。
辰夫　こうなった以上言うしかねえだろう。
勇次　……。
幹子　どういうことなの。
辰夫　実は――。
勇次　オレの恋人が誘拐されたんですッ。
辰夫　何？
勇次　犯人は身の代金を要求していて、明日の正午に金を持ってこいと。ううう……真知子ーッ。
（と泣く）
幹子　そんな。
勇次　隠していてすいません。実は、オレたち、とある大富豪の息子たちなんです。理由あって身分を偽ってますけど、実家は大金持ちなんです。そこに目をつけた犯人が、群馬にいるオレの恋人を誘拐して。
幹子　つまり、あなたたちは兄弟なの。
勇次　そうです、腹違いですけど。
田所　そうなのか。

辰夫　違いますよ。
勇次　にいちゃん、もういいよッ。この期《ご》に及んで嘘ついてどーすんだよッ。
辰夫　……。
勇次　真知子ーッ。（と泣く）
田所　で、いくらなんだ。
辰夫　は？
田所　その犯人が要求している身の代金の額は。
勇次　10億です。
幹子　じゅじゅ10億！
勇次　ええ。
田所　そんな金、調達できんのか。
勇次　ええ、にいちゃんが。
幹子　どこに。
辰夫　……。
勇次　にいちゃんッ。

辰夫、仕方なく宝石を出す。

勇次　時価10億の宝石です。
田所　ちょっと貸せ。

辰夫、宝石を田所に渡す。

田所　これが10億もすんのか。
辰夫　（うなずく）
田所　そうか。

と、ポケットに宝石をしまう田所。

幹子　何しまってんのよ、もーッ。
田所　あ、いつの間にッ。この手が、手が勝手にッ。ハハハハ。

と宝石を辰夫に返す田所。

幹子　（田所を睨んで）……。
田所　馬鹿ッ。怖い顔してみるなッ。それでなくてもお前の顔は怖い造りしてんだからッ。ジョークだよ、ジョーク。
幹子　こんなときによく冗談なんか言ってられるわね。
田所　馬鹿ッ。こういうときだからこそジョークは必要なんだ。どんな過酷な状況に置かれていても、それでも軽やかなジョークを忘れない。それがハードボイルドの精神ってもんだ。
幹子　馬鹿言わないで。体重10キロ落としてから言ってよ。
田所　うおーッ。触れてはならないことに触れたなッ。

幹子　だいたいこんなことでオロオロしてるからいつまでたってもこんな仕事しかできないのよ。
田所　こんな仕事とは何だこんな仕事とはッ。
幹子　こんな仕事じゃない。安いギャラでこき使われてッ。
勇次　やめてくださいよ、こんなときにッ。

とそれを止める勇次。

辰夫　相談したオレたちが馬鹿でした。行くぞ。

と行こうとする辰夫。

田所　面白いねえ、辰夫くん。ハハハハ。ここで行かれた日にゃあ、オレは明日からこの女に死ぬまでネチネチ嫌味言われ続けることになるってことがわかっててそういう行動に出たのかなあ。
辰夫　だって——。
幹子　警察に連絡しましょう。あたしたちの手にはとても——。
勇次　それだけは勘弁してくださいッ。犯人は警察に連絡したら人質を殺すって言ってるんです。その上、彼女には新しい恋人が……真知子ーッ。（と泣く）
田所　オレたちにどーしろと。
勇次　助けてください。なんだかんだ言って相手はけちなチンピラ一人です。
田所　ふーむ。
勇次　もちろん、真知子が無事に戻ったらお礼はします。

田所　お礼？
勇次　ええ、なんたって大富豪ですから。
田所　と言うと。
勇次　その宝石の10分の1でどうですか。
田所　……ハハハハ。よし、任せとけッ。
幹子　ちょっと待ってッ。そんな簡単に請け負って――。
田所　大丈夫だよ。だいたい相手は一人なんだろう。何とかなる。
幹子　……。
田所　詳しい話を聞かせてくれ。
勇次　ハイッ。

そこへ市村がふらりと現れる。

勇次　わーッ。なんだなんだなんだッ。（と驚く）
田所　何だよ。いたのかよ。
市村　話しはだいたい。しかし、それは問題ですなあ。
田所　問題だよ。だから困ってんじゃねえか。
市村　あの。
田所　何？
市村　わたしの弟のことって話しましたっけ。
幹子　弟？

市村　ええ。わたしと違って出来のいい弟でして。公雄って言うんですけど。
田所　それがどーしたんだよ。
市村　ヤツはこのテの問題が専門ですから。
幹子　専門って——。
市村　刑事なんです、県警の。
人々　……。
市村　よかったら連絡できますけど。
勇次　それは勘弁してください。さっきも言いましたけど、警察に連絡すると人質が。
市村　大丈夫。公雄ならうまくやってくれますよ。
幹子　そうしてもらいなさい。悪いことは言わないから。
勇次　しかし。
田所　あーとにかく話しはあっちでだ。ほら、早く！

と勇次たちを促してその場を去る田所。
それに続く幹子と市村。

⑭

翌日の正午。
取り引き現場の遊園地のそばの廃屋。
しばし無人の舞台。

と勇次と辰夫が出てくる。
そして、国分が来るのを待つ。
と、そこに国分が真知子を連れて来る。

国分　相棒は。
勇次　……ここには。
国分　怖じ気付いてトンズラでもしたか。
勇次　……。
国分　まあいい。

国分、真知子を放す。

国分　（真知子を拳銃で威嚇しつつ）宝石《ブツ》は持ってきたろうな。
勇次　ああ。
国分　出せ。

辰夫、宝石を取り出す。

国分　よし、ゆっくりこっちに来い。
真知子　ダメよ、渡しちゃッ。渡したら殺されるわッ。
国分　黙ってろ！

真知子　……。

勇次、国分に近付き、差し出した掌《てのひら》の上に宝石を乗せる。

国分、宝石を手に入れる。

真知子、勇次に駆け寄る。

国分　へへへへ。散々、引き摺り回してもらったが、これでお終いだ。

勇次　……。

国分　安心しろ。相棒もそのうち捜し出してさがしだしてオメーと同じメにあわせてやる。

真知子　（勇次にしがみつく）

勇次　（「大丈夫だ」と顔で応える）

国分　おやおや、愛する彼女の前だとずいぶん勇ましいんだな。小便ちびりそうになってヒーヒー言ってた昨日のオメーの姿を見せてやりたいぜ。へへへへ。

勇次　……。

国分　何だ、その顔は。野良犬は野良犬らしく、キャンキャン命乞いしたらどうだ。

しかし、勇次は強い視線で国分を睨み続ける。

国分　フフフフ。上等だ。じゃあ、オレがキャンキャン吠えさせてやる。

と拳銃を構える国分。

国分　さよなら、ワンちゃん。

と、「わーッ!」という声とともに辰夫が拳銃を構えて飛び出して来る。

辰夫　じゅじゅ銃を捨てろ!
国分　……ほう。トンズラこいたんじゃなかったのか。
辰夫　聞こえなかったのか。捨てろ!

国分、銃を捨てる。
と田所がおそるおそる出てきて銃を拾う。

田所　ハハハハ。わたしか。わたしは田所大作。ゆえあって助太刀することになった男だ。頭《かしら》と呼ばれて早10年。アクション一筋、少年のこころを持つ気のいい中年男とだけ名乗っておこう。
国分　……フフフフ。
田所　何がおかしい!
国分　使い慣れねえもんを持つもんじゃねえよな。
田所　何?
国分　安全装置がかかったままだぞ。
辰夫　どこかで聞いたぞ、この会話。

国分、田所に飛び掛かる。

揉み合う二人。
銃を取り上げる国分。
そして、田所を突き放し、撃とうとする。
と銃声が一発。
国分、肩を撃たれる。
と、そこに拳銃を手にした若い刑事、公雄が飛び込んでくる。

国分　……。
公雄　県警の市村だッ！　抵抗するな！
国分　くそッ！
　と国分、逃げ去る。
公雄　ここはわたしにッ。早く逃げてッ。
勇次　ででても。
公雄　早く！
辰夫　行くぞ！
勇次　でででても。
辰夫　いいから！
　田所、辰夫、勇次、真知子、走り去る。
　公雄は人々が去ったのを確認してから国分を追う。

＊

と辰夫が走り出る。

続いて勇次と真知子、田所。

それを引き止める勇次。

勇次　ちょっと待てよ！

辰夫　何だ。

勇次　宝石《ブツ》取り戻さなくていいのかよ。

辰夫　……。

田所　馬鹿ッ。この期《ご》に及んで何言ってる！

勇次　そんなこと言ったって、宝石がなかったらどうすんだよ、これから。

田所　命が助かっただけでもありがたいと思え。

真知子　いったいどういうことなの、ちゃんと説明してッ。どーいうことなのよ、これはッ。

勇次　だから――。

と、辰夫はクククと笑い出す。

勇次　何だよ。何がおかしいんだよ。

辰夫　引っ掛かりやがった。

田所　何？

辰夫　安心しろ。渡した宝石は偽物だ。

真知子　偽物？
辰夫　ああ。
勇次　いつの間にそんなもん――。
辰夫　あの夜（忍び込んだ時）ちょっと別のをな。
田所　……。
真知子　……。
勇次　そうなの！
辰夫　ああ。ざまあみやがれッ。ハハハハ。
勇次　このぺてん師がッ。ハハハハ。
田所　……ハハハハ。
真知子　……。
田所　どーいうことなんだ、これはいったい。なんでお前は銃なんか持ってんだよ。
辰夫　それは後で説明します。行くぞ。
勇次　行くってどこへ。
辰夫　もうすぐ最後のショーが始まる時間だ。
勇次　馬鹿言うなよ。そんなことやってるヒマあるかよ！
辰夫　いろいろ世話になったんだ。このままトンズラはできねえよ。
勇次　でも。
辰夫　カダガタ言うなッ。弟なら弟らしく兄貴の言うこと聞けッ。
勇次　……。
辰夫　すいません危険なメに合わせて。お礼はしますから、ちゃんと。

と走り去る辰夫。

勇次　……行こう。

と勇次とともに去る真知子。

田所　……。

とそれを追う田所。

＊

と傷を負った国分が出てくる。

国分　……。

国分、隠れる。

と、その横を公雄が通過する。

国分、出てきて宝石を出す。

国分　（異変に気付き）……くそッ。

と走り去る国分。

⑮

野間が足早に出て来る。
それを追って幹子。
遊園地の控え室付近。

幹子　野間さん、待ってくださいッ。
野間　何ですかッ。
幹子　確かに人数は足りないですけど、ショーはできますから。
野間　どうやってやるんですか、あんな人数でッ。
幹子　ですから、その分、張り切ってやりますから。
野間　話しにならんですな。
幹子　野間さん――。
野間　初日は初日であんなデタラメなもんやるし、今日は今日で座員がいなくなる。お宅の一座はいったいどういう一座なんですかッ。
幹子　ですからいろいろと事情がありまして。
野間　これは明らかな契約違反ですよ。ギャラを払うどころか、違約金を貰いたいくらいだ。

と反対側から息を切らした辰夫と勇次（ともに戦闘員の恰好）が来る。
続いて田所。

辰夫　いろいろご心配を。
野間　……。
辰夫　オレたちが出れば問題ないですよね。
野間　まあ、揃っているなら。（と幹子を見る）
幹子　すいません、ホントに。バタバタしまして。
野間　じゃ予定通りお願いします。楽しいのを頼みますよ、楽しいのを。

とその場を去る野間。
入れ違いに市村（ダイオの衣裳）が来る。

市村　うまくいきましたか。
勇次　ええ。
幹子　大丈夫だったの。
田所　……まあ、何とか。
幹子　彼女は。
勇次　今、客席に。
辰夫　時間ですから、行きます。
田所　ちょっと待てッ。
辰夫　（止まる）
田所　犯人に渡した宝石が偽物だってことはホンモノはどこにあるんだ。
辰夫　秘密の場所に隠してあります。

田所　どこだ。
辰夫　ですから秘密の場所です。
田所　だからどこだ。
辰夫　秘密の場所です。
田所　だからどこだ。
辰夫　秘密の場所。
田所　どこだ。
辰夫　秘密の場所。
田所　ハハハハ。
辰夫　ハハハハ。じゃ。

とその場を去る辰夫。

勇次　おい。

とそれを追う勇次。

市村　どういうことですか。
田所　話しはあっちで。

とその場を去る人々。

⑯

と幸吉が出てくる。
特設舞台の袖付近。
舞台からはかずみの声が聞こえる。

かずみの声　ハイ、ここ群馬県は××遊園地へようこそ。これからみんなのヒーロー、エコロマンが登場しますから、今の元気を忘れずに応援してくださいねえ。会場に集まってくれたみんなの元気な声援がエコロマンをパワーアップさせるんだからねえッ。いいですかーッ。
子供たちの声　ハーイ。
かずみの声　ハイ、ありがとう。その元気な声でエコロマンをいっぱいいっぱい応援してくださいねえ。

と、そこへ戦闘員の衣裳の辰夫と勇次。続いて市村。

幸吉　どしたの、いったい。急にいなくなって。来ないと思ったぜ。
辰夫　すいません。
市村　ひとつ聞いても。
辰夫　何ですか。
市村　どこにあるの、アレは。

辰夫　秘密の場所です。
市村　……。
かずみの声　……というわけで、さっそくエコロマンを呼びたいと……あれ、こんなところにゴミが捨ててあるわ。もーいけないわねえ。いったい誰が捨てたのかしら。

舞台袖の市村、舞台を見ながら、

市村　フフフフ。誰が捨てたか教えてほしいか。
かずみの声　だだだだ誰ッ。
幸吉　行くぜッ。

と幸吉と勇次と辰夫が舞台に出る体で去る。

かずみの声　キャーッ。ななななな何ですか、あなたたちはッ。
市村　くしゃくしゃポイくしゃくしゃくしゃポイくしゃくしゃくしゃポイ！　全部まとめてポポイのポイ！
かずみの声　なななな何をしてるのッ。
市村　見てわからんのかーッ。ゴミを捨てているのだーッ。ハハハハ。

笑う戦闘員たちの声。

かずみの声　そんなことしたら汚れるじゃないの！

市村　その通り。

*

と別空間に国分が出てくる。

遊園地のなか。

ショーの場所を捜す国分。

*

市村　この地球の環境を汚すためにわたしは生まれたのだーッ。

かずみの声　もももももしかしてあなたはッ――。

市村の声　その通り。ゴミのなかから生まれた環境破壊獣――ダイオキシンジャー！

と言って舞台に出る体で去る市村。

*

と国分のところに義男が来る。

義男　わかりました。こっちです、こっち。

義男に誘導されてその場を去る国分。

*

特設舞台。

かずみが走り出る。

それを遮る幸吉。

さらに逃げようとするかずみ。
それを遮る勇次と辰夫。
幸吉に捕まるかずみ。

かずみ　何するの、やめて、放してッ。
市村（出てきて）あらがえあらがえッ。あらがう女は大好きじゃーッ。ハハハハ。
伸治・三郎の声　待ていッ！

とエコロマンの扮装の伸治と三郎が颯爽と現れる。
ポーズを決める二人。

市村　むむむッ。小癪な！　やれ！

と言って去る市村。
三郎は辰夫と勇次を追って一度去る。
伸治、幸吉の戦い。
＊
と勇次が辰夫を引っ張って出てくる。
舞台袖。

勇次　どこに隠したんだよ、いったい。

辰夫　ブルーのマスクだ。
勇次　何？
辰夫　エコロマン・ブルーのマスクの額ンとこに張り付けたんだ。
勇次　なんで——なんでそんなトコに。
辰夫　なんでも糞もねえッ。とにかくブツはそこにある。
勇次　……。
辰夫　ショーが終わったらすぐに女を連れてそのまま逃げる。いいな。
勇次　……。
辰夫　いいなッ。
勇次　（うなずく）
辰夫　よしッ。

二人、去る。

＊

舞台の幸吉、伸治にやられて去る。
伸治、去る。
と反対側から三郎が出てくる。
それを追って辰夫と勇次。
勇次はすぐにやられて去る。
三郎と辰夫の戦い。
辰夫は宝石を取ろうとする。——白熱。

最終的には辰夫はやられて断末魔の叫びとともに去る。

かずみ　（出てきて駆け寄り）ありがとう、エコロマン・ブルー！
三郎　（うなずく）
かずみ　何か一言。
三郎　みんな、ゴミを無闇に捨てちゃいけないぞッ。
かずみ　わかりましたッ。

と「ぐへーッ」と気持ち悪い音。
三郎、それにやられてがっくりと腰を落とす。

かずみ　どうしたのッ、エコロマン・ブルー！

と市村が出てくる。

市村　フフフフ。どうだ、わたしの環境破壊ゲロゲロは。ハハハハ。
三郎　（もがき）ぐぐぐぐッ。
かずみ　しっかり、エコロマン・ブルー！

＊

と公雄が出てくる。
反対側から野間。

野間　お客さん、ここは立ち入り禁止ですよ。
公雄　いや、ちょっと事情がありまして。

と田所が出てくる。

田所　刑事さん、無事でしたか。ヤツは。
公雄　逃げられました。この会場に侵入した恐れがあります。注意してくださいッ。

と走り去る公雄。

野間　どーいうことですか、これは。
田所　話しはあっちで。

と走り去る田所。それを追う野間。

＊

市村　とどめだーッ！

と「そうはさせんぞッ」という声がして伸治が出てくる。
伸治、三郎を助けてかばう。

市村　くそッ。またしてもお前か。

三郎、去る。

市村　やれ！

と幸吉と辰夫が飛び出してきて、伸治と戦う。
戦いながら去る三人。

かずみ　頑張れッ、エコロマン・レッド！

とそれを追うかずみ。

＊

舞台袖。
勇次、休憩中。
とそこに国分が来る。
銃を勇次に突き付ける国分。

国分　ずいぶんオチョクってくれたな、ワンちゃん。
勇次　！
国分　ブツはどこだッ。

勇次　ひゃーッ。
国分　言えッ。言わねえとッ。

と勇次に迫る国分。

勇次　わあーッ。止めてッ助けてーッ。

と、辰夫がそこに出てくる。
勇次を人質にする国分。

国分　ブツはどこだッ。
辰夫　わわわわかったッ。言うからそいつを助けてくれッ。
国分　どこだ！
辰夫　このすぐ近くにある。案内するから、頼むッ。
国分　案内しろ。
辰夫　（うなずいて）こっちだ。

と国分を案内する辰夫。
勇次を人質にしたままそれに続く国分。

＊

舞台に転がり出る三郎。

それを追って市村。
とそこに伸治が来る。

市村　お遊びはここまでだッ。

市村と伸治、三郎の戦い。
市村、劣勢。

伸治・三郎　ステビア・ビーム！

と光線で市村を攻撃するエコロマン。

市村　おおおおおッ。これで死んだと思うなよ、首が飛んでも動いてみせらァ！

とそこに辰夫が出てくる。
続いて勇次を連れた国分が出てくる。
ギョッとする人々。

市村　何だ、あんたッ。

国分　（拳銃を構え）いいか、邪魔するなッ。

三郎　……。

勇次　みなさん！　こここいつが誘拐犯人です！

人々　！

辰夫、戦闘員として奇声を出す。

奇妙な間。

国分　？

市村　フフフ。見たか、我々環境破壊団「ダスト」が送り出す最終兵器だッ。（国分に）後は、後は頼みましたぞーッ。ぐおーッ。

と去る市村。

と田所が出てきて、国分に飛び掛かる。

勇次はそのスキをついて逃げる。

揉み合う国分と田所。

田所、振り飛ばされる。

国分　お遊びに付き合ってるヒマはねえんだッ。

と辰夫たちに迫る国分。

国分に飛び掛かる伸治と三郎。

伸治たちと国分の戦い。

かずみ　頑張れ、エコロマン！

国分、三郎を殴り倒す。
倒れた三郎を押さえ付ける勇次。
その間に辰夫は三郎のマスクから宝石を取ろうとする。

三郎　何だよ、何してんだよ。

辰夫はマスクから宝石を必死に取ろうとする。
しかし、取れない。
人々、それを目撃する。
と、そこに公雄が拳銃片手に飛び込んでくる。

公雄　県警の市村だッ。銃を捨てろ！
国分　くそッ。

と揉み合っていた伸治を振り払って逃げる国分。
それを追う公雄。

勇次　すいません、脱いでくださいッ。
三郎　なんでッ。

勇次　ここに宝石があるんですよ！
三郎　何？
田所　脱げッ、早く！

マスクを脱ぐ三郎。
マスクを手に入れる辰夫。

田所　何してるッ。お前らはあいつ追え！
三郎・伸治　ハ、ハイ。

三郎と伸治は国分を追って去る。
宝石の張り付いたマスクを見る田所。

田所　ハハハハ。
辰夫　ハハハハ。
勇次　ハハハハ。
辰夫　いろいろすいませんッ。必ずお礼は。じゃッ。

と行こうとする辰夫と勇次。

田所　おい――。

と、そこに真知子を人質にした国分が出てくる。
手には拳銃。

国分　これが最後の最後だッ。この女を殺されたくなかったらそれをこっちによこせッ。

真知子　勇次、助けてッ。死にたくないッ。

勇次、辰夫を促す。
辰夫、マスクを脱ぐ。

国分　よこせッ！

辰夫　……。

と公雄が出てくる。

公雄　渡しなさい。

辰夫　でも。

公雄　早くしなさいッ。彼女が殺されてからじゃ遅いんだぞッ。

辰夫　くそッ。

辰夫、ブルーのマスクを国分に渡す。
真知子を放す国分。

真知子、勇次のところへ行く。

勇次　もう大丈夫だッ。
国分　何度も言ったような気がするが、これが最後だッ。

と拳銃を構える国分。

田所　待て！

田所は勇次と辰夫をかばって立つ。

田所　どんな事情があるかは知らないが、こいつらは助けてやってくれ。
人々　……。
田所　頼む。
国分　フフフフ。ここまでオチョくられて「ハイそうですか」と引き下がれるか。
田所　……。
国分　そこをどけ。
田所　……。
国分　どけって言ってんのが聞こえねえのか！
田所　いいや、どかんッ。
国分　……。

田所　確かにこいつらは未熟だ。しかし、悔しいがわたしにはないものをこいつらは持っている。何だかわかるか。未来だ。
国分　……。
田所　その未来をそんなに簡単に奪うことは、オレが許さん！
国分　フフフフ。ずいぶん気に入られてるみたいだな。
辰夫　……。
勇次　……。
田所　だから頼む。こいつらを——。（と一歩出る）

国分、発砲する。

田所　（撃たれて）！
真知子　キャーッ。
国分　フフフ。オメーらも馬鹿だが、もっと馬鹿がこの世にはいるんだな。
人々　……。
国分　てめえらの未来は、これでパーだ。フフフフ。死ねえ！

と銃を構える国分。

田所　エコロ・パワー！

と国分にしがみつく瀕死の田所。
揉み合う二人。
国分、それを振り払う。
そのスキをついて公雄が三発撃つ！

国分　……くそッ。

と息絶える国分。
と幹子と三郎と伸治が出てくる。

幹子　あんたーッ。
三郎　頭！
伸治　頭ッ！

田所、倒れる。
とそこへ野間がやって来る。

幹子　（駆け寄り）しっかりしてッ。死なないでッ。
田所　勇次。
勇次　ハイッ。
田所　便秘直ってよかったな。

勇次　頭ッ。（と泣く）
田所　辰夫。
辰夫　ハイッ。
田所　バック転見せてくれてありがとよ。
辰夫　……。
田所　いっしょに仕事できなくて、残念だぜ。
辰夫　頭ーッ。
田所　（幹子に）後を——後を、頼むぞ。
幹子　（うなずく）
田所　み、未来は。
幹子　未来は何？
田所　お前らの、ものだ。

田所、息絶える。

幹子　おおーッ。
伸治　なんてことだーッ。
三郎　頭ーッ。

国分からブルーのマスクを取る公雄。

野間　何という悲劇……。
人々　おおーッ。（と泣く）

暗転。

⑰

舞台に明りが入るとそこは遊園地の外。
公雄に連れられて辰夫と勇次が来る。
戦闘員の格好のまま手錠をかけられている。
続いて真知子と義男。

公雄　じゃここで待っているように。すぐパトカーが来るから。

とその場を去る公雄。
黙っている人々。

義男　やっぱりオレはあっちにいるよ。
真知子　義男。
義男　お別れすんのに、オレがいちゃ邪魔だろう。
真知子　ありがとう。

義男　いいんだよ。――勇次さん。
勇次　何だよ。
義男　後はオレに任せてください。オレ、まだひよっ子だけど、必ず真知子さんを幸せにしてみせますから。

と、走り去る義男。

真知子　……。
勇次　もういいよここは、寒いし。
真知子　……。
勇次　お前はただの参考人なんだから、別の車拾って警察に行ってくれ。
真知子　……じゃあ。
勇次　うん。

真知子、行こうとする。

勇次　真知子。
真知子　（止まる）
勇次　いろいろゴメン。
真知子　ホントにそう思ってるの。
勇次　思ってるよ。こんな男と付き合ってくれてホント感謝してるよ。

真知子　少しは懲りたの。
真知子　え？
勇次　泥棒だなんて、そんな。
真知子　懲りたよ、もう。こんな思いするくらいなら、普通の仕事してた方がどんなにいいかよーくわかったよ。
真知子　……。
勇次　ま、オレのことなんか早く忘れてあの男と幸せになれ。
真知子　……。
勇次　じゃあな。
真知子　勇次。
勇次　何だよ。
真知子　あたしに面会に来てほしい？
勇次　……。
真知子　来てほしくないなら行かない。
勇次　来てほしいよ。
真知子　そう。じゃ気が向いたら行ってあげる。

真知子、去る。

勇次　ハハハハ。聞いた、今の。あいつ何だかんだ言ってオレに惚れてるんだよ。
辰夫　……。

勇次　何だよ。
辰夫　何でもねえよ。
勇次　そんな落ち込むことないよ。金は手に入らなかったけど、命はなくならなかったわけだし。
辰夫　そういう問題じゃねえ。
勇次　……。
辰夫　頭は、あの親父はオレたちを助けるために――。
勇次　……。
辰夫　（涙）
勇次　（もらい泣きする）
辰夫　しかし。
勇次　うん。
辰夫　何かいい夢見せてもらった気がするよ、オレは。
勇次　（うなずく）

寒風が吹く。
寒いので肩を寄せ合う二人。
奇妙な出で立ちで手錠に繋がれた二人の若者。

勇次　パトカー来ないな。
辰夫　ああ。

＊

と華やかな音楽。
舞台後方に出てくる一座の面々と市村。
そこに死んだはずの田所と国分が来る。
田所は本田のかぶっていた警帽を持っている。
笑う人々。
そこへ公雄が来る。
公雄、宝石を掲げる。

＊

舞台前方で肩を寄せ合う二人の馬鹿者。
とそこへ野間が来る。

野間　あれ、こんなとこに大スターさんが。ハハハハ。いやあ、最高でしたよ。こんなに楽しいショーになるとは思ってみませんでしたッ。最初ホントのことだと思いましたもの。ハハハハ。ありがとう、ありがとうッ。

と二人と握手する野間。

野間　あれ、なんで手錠なんかしてるんですか。
勇次　なんでって——。

辰夫　警察の人は。
野間　警察の人——ああ、あの刑事役の人。帰りましたよ、表から。
二人　（顔を見合わせて）……。
野間　これからも頑張ってくださいね。またうちに来るときはよろしくお願いします。それじゃ。

とにこやかに去る野間。

辰夫　……。
勇次　……。

＊

真知子と義男がやって来る。
真知子らに金を渡す国分。

＊

辰夫　ハハハハ。
勇次　ハハハハ。
辰夫　これはどういうことなのかな。
勇次　たぶんお前が今思ってるのと同じことオレも考えてるよ。
辰夫　ハハハハ。
勇次　ハハハハ。
辰夫　くそーッ！

と手錠を外そうとする辰夫。

辰夫　鍵開けろ、これッ。
勇次　そんな急に言われてもッ。
辰夫　鍵開けんのはお前の仕事だろうがッ。
勇次　できません。何も持ってないから。
辰夫　何冷静に言ってんだよッ。お前、自分の置かれた状況がどういう状況かわかってそんな呑気《のんき》な声出してんのか。
勇次　わかってるよ。
辰夫　ならなんでもっと興奮しない！　くそーッ。あの野郎ふざけやがってッ。
勇次　落ち着けよ。
辰夫　これが落ち着いていられるか！　だいたいなんで気付かないんだよ、あいつらグルだったことッ。
勇次　そんなのわかんねえよ！
辰夫　くそーッ。
勇次　真知子も。
辰夫　グルに決まってんじゃねえか！
勇次　真知子ーッ。

＊

国分が宝石を放り上げる。
それを見上げた姿で活人画になる人々。

＊

二人の喧嘩がいつまでも続くなか暗転。

あとがき

収録した二本の戯曲は、ともに劇団ショーマの公演のために書かれたものである。『ＭＩＳＴ～ミスト』は、一九九九年の春に中野のポケットで上演した。上演当時のパンフレットに「いさをの30年」と題して書いた文章は以下のようなものだった。

いさをは東京郊外のＯ市に住む８才の少年である。その日、いつものように学校を終え家路を急ぐ途中、町なかでいさをの目に一枚のポスターがとまった。そのポスターにはこう書かれていた。「仮面ライダーがやって来る！」と。いさをはじっとポスターに見入りジワジワと込み上げてくる胸の高鳴りを必死で押さえようとしたが、その思いは押さえきれず、その興奮を打ち消すように家へ走った。テレビで熱中していたあの仮面ライダーがやって来る！　いさをは初めて会う「彼」への思いに胸躍らながら数日を過ごし、その朝、「彼」のやって来るそのデパートへ足を運んだ。そして、舞台に「彼」が現れた。いさをは、精一杯「彼」を応援した。終演後、まぢかで見る「彼」はテレビで見るのと少し違っていたけど、いさをは旅で疲れたからこうなったにちがいないと考えた。そんな「彼」と握手してもらい黒いマジックで「仮面ライダー！」と荒々しく書かれたサインを貰った。百円だった。

それから10年ばかり経ったある日、いさをは全身黒タイツに身を包み「戦闘員」として、とあるデパートの屋上で「キーキー」と呻きながら「彼」に挑みかかっていた。少しでも油断していると、近くにいる餓鬼が「やーッ」とか何とか言いながらいさをに蹴りを入れてきたが、いさをは軽く威嚇するだけに止めた。餓鬼のお母さんが見ていたからである。「デモンストレーションをするのでデパートのなかをその格好のまま練り歩くぞーッ」とやくざみたいな上の人に言われた時、いさをは閉口した。何階だったか忘れたが、化粧品売り場の若い女店員たちが「何あれ」という感じで寄り添って失笑しているのがいさをの目に入った。それでもいさをは「キーキー」言いながら手を怪獣のように掲げ「不気味な戦闘員」を演じ続けた。その夏の終わりにやった『科学忍者隊ガッチャマン』ショーで、「戦闘員」から「コンドルのジョー」に昇格した時、「大丈夫ですかねえ、僕なんかで」と頭をかきながらも、いさをの胸は誇らしさでいっぱいだった。

それからさらに15年ばかり経ったある春の日、いさをは『MIST』という題名の芝居を中野の小さな劇場で上演することになった。

『リプレイ』は、二〇〇〇年の春に「全労済演劇フェスティバル2000」の一本として新宿のスペース・ゼロにおいて上演したものである。上演当時のパンフレットに「SF小説と演技論」と題して書いた文章は以下の通り。

僕は今、専門学校や俳優養成所で「演技実習」の先生をしているのだが、その第一回はいつもこういうことをしゃべる。

演技するということは、むずかしいことでも何でもない。演技するということは「もう一人の自分に出会う」ことなのだ、と。「ぼくらはさまざま可能性を持っていた。しかし、何らかの不可避なものによって現在の自分があるにすぎない。役というのは、ありえたかもしれないもう一人の自分と考えるべきなんだ」という演出家の蜷川幸雄《にながわゆきお》さんが書いた「ｉｆ」という短い文章を引用しながら、自分なりに演技するという行為をどうとらえているかをしゃべる。

これは「作家《ものかき》」としてはよくわかる感覚なのだが、ぼくが何か「役を書く」という行為もこれにかなり近いような気がする。実際のワタシは、青白い優しそうなおじさんだが、そんなワタシのなかにもいろんな要素があることは確かで、とてもヒロイックな要素もあればとても邪悪な要素もある。ぼくは「役を書く」という行為を通してありえたかもしれない「もう一人の自分」に出会っていっていっているのだと思う。「もしも、あのときああしていれば」というのは、ＳＦ小説でよく扱われるテーマだが、ぼくの考える演技の方法というのも、まさにこういう文脈の上で語れることのように思う。

ＳＦ小説には「多元宇宙（パラレル・ワールド）もの」というジャンルがある。「もしも宇宙が無限であるなら、別の太陽系にある別の地球という惑星で別の人間になっている自分は必ず存在する」という理屈によって書かれた小説である。この「考え方」も、ぼくの考えるありうべき演技の方法とどこかで一脈通じているような気がしてならない。

本日はご来場くださいましてありがとうございます。荒唐無稽な物語ですが、最後までごゆっくりとお楽しみください。

こうして新しい戯曲集が出せることになった。上演当時のスタッフ、キャストは以下の通りだが、

『MIST～ミスト』も『リプレイ』もともに劇団の若手の役者陣にも脚本作りに参加してもらい、その意見を聞きながら書き上げたものだ。また、『MIST～ミスト』においては、アクション指導をしてもらっただけではなく、アクション・ショーの現場の話をいろいろ聞かせてくれた清水大輔氏に大きな力を借りた。ここに改めて謝意を表する。

高橋いさを

二〇〇三年二月

上演記録

『MIST〜ミスト』〜劇団ショーマ第29回公演として

［スタッフ］
○作・演出／高橋いさを○照明／佐藤公穂○照明操作／宮崎由紀○美術／斉藤浩樹○音響／小笠原康雅○大道具／黒沢みち（東宝舞台株式会社）○宣伝美術／栗原裕孝○舞台監督／元木たけし○アクション指導／清水大輔○ＶＴＲ撮影／浜口文幸（株式会社ソフトマジック）
○キャラクター・デザイン／松井大○コスチューム協力／石関俊明（ＴＭＣプロジェクト）
○制作／近藤加代子○制作統括／森由喜夫（有限会社ノースウェット）

［キャスト］
○辰夫／児島功一○勇次／岡本勲○国分／川原和久○本田／山本満太○田所／山本満太○幹子／尾小平志津香○三郎／斉藤義信○伸治／木内伸○幸吉／松下公玲○かずみ／南口奈々絵
○市村／木村ふみひで○真知子／佐藤奈美○義男／松本透○野間／センルイトオル○公雄／高橋将和

●日時／一九九九年四月十三日〜四月二十五日　場所／中野ザ・ポケット

『リプレイ』〜劇団ショーマ第31回公演として

［スタッフ］
○作・演出／高橋いさを○照明／佐藤公穂○照明操作／藤井秀治○美術／斉藤浩樹・加藤藍子○音響／小笠原康雅○衣裳／尾小平志津香○大道具／黒沢みち（東宝舞台株式会社）○宣伝美術／栗原裕孝○舞台監督／安田武司○ステージ・コーディネーター／元木たけし○制作／近藤加代子○制作統括／森由喜夫（有限会社ノースウェット）

［キャスト］
○加賀年彦／川原和久○丸山聖／山本満太○辻本一平／児島功一○甲斐／斉藤義信○吉本兄／センルイトオル○吉本弟／松本透○青柳／木村ふみひで○西寺／岡本勲○奈々子／佐藤奈美○健治／木内伸○島岡／高橋将和○みゆき／南口奈々絵
●日時／二〇〇〇年三月二五日〜四月二日　場所／新宿スペース・ゼロ

高橋いさを
劇作家、演出家。
1961年、東京生まれ。劇団ショーマ主宰。
著書『ある日、ぼくらは夢の中で出会う』『バンク・バン・レッスン』『極楽トンボの終わらない明日』『八月のシャハラザード』『I-note～演技と劇作の実践ノート』（以上、論創社刊）など。

上演に関するお問い合わせ：
〒177-0021　東京都豊島区南池袋2-20-4-308
（有）ノースウェット　劇団ショーマ事務所
Tel. 03-3986-8674　Fax. 03-3986-8675
HP. hittp:// www. interq. or.jp / kanto / fumi / showma / index. html

リプレイ

二〇〇三年四月一〇日　初版第一刷印刷
二〇〇三年四月二〇日　初版第一刷発行

著　者　高橋いさを

発行所　論　創　社
東京都千代田区神田神保町2-19　小林ビル2F
電話番号（〇三）三二六四―五二五四
振替口座〇〇一六〇―一―一五五二六六

組版　ワニプラン
印刷・製本　中央精版印刷

 ISBN4-8460-0109-1